LA QUÊTE DE DELTORA

La Cité des Rats

Les Montagnes
Redoutables

Le Labyrinthe
de la Bête

Les Sables
Mouvants

La Vallée
des Égarés

LE PAYS DE

Le Pays des Ténèbres

Le Lac
des Pleurs

La Cité
es Rats

Les Forêts
du Silence

Del

N

O · E

S

DELTORA

L'auteur

Auteur australien à succès, **Emily Rodda** a publié de nombreux livres pour la jeunesse et les adultes, en particulier la célèbre série « Raven Hill Mysteries » qui lui assure un lectorat de plus en plus important. Elle a reçu plusieurs fois le prestigieux prix Children's Book Council of Australia Book of the Year Award.

La série
LA QUÊTE DE DELTORA :

LA QUÊTE DE DELTORA

La Cité des Rats

Emily Rodda

*Traduit de l'australien
par Christiane Poulain*

Éditions
SCHOLASTIC

Titre original :
Deltora Quest
Book three : *City of the Rats*

Loi no 49 956 du 16 juillet 1949 sur les publications destinées
à la jeunesse : avril 2006

Publié pour la première fois en 2000 par Scholastic Australia Pty
Limited.
Copyright © Emily Rodda, 2000, pour le texte et le graphisme.
Graphisme de Kate Rowe.
Copyright © Marc McBride, 2000, pour les illustrations
de la couverture.
Copyright © Éditions Pocket Jeunesse, département d'Univers Poche,
2006, pour la traduction française.

Édition publiée par les Éditions Scholastic, 604, rue King Ouest,
Toronto (Ontario) M5V 1E1 CANADA
pour la traduction française

ISBN 978-0-545-99265-7

Résumé des tomes précédents

Le jeune Lief, âgé de seize ans, accomplissant une promesse faite par son père avant sa naissance, a entrepris une longue quête afin de retrouver les sept pierres précieuses de la Ceinture magique de Deltora. La Ceinture est l'unique protection qui puisse sauver le royaume de la tyrannie du maléfique Seigneur des Ténèbres qui, quelques mois seulement avant la venue au monde de Lief, a envahi Deltora et réduit son peuple en esclavage grâce à la sorcellerie et à ses redoutables Gardes Gris.

Les pierres – une améthyste, une topaze, un diamant, un rubis, une opale, un lapis-lazuli et une émeraude – ont été dérobées afin de permettre au Seigneur des Ténèbres de s'emparer du royaume. Désormais, elles sont cachées dans des endroits sombres et effrayants à travers le pays. Ce n'est que lorsqu'elles seront restituées à la Ceinture que l'on pourra retrouver l'héritier du trône et vaincre le Seigneur des Ténèbres.

Lief a deux compagnons, Barda, autrefois garde du palais, et Jasmine, une orpheline de son âge rencontrée dans les Forêts du Silence.

Dans les Forêts, ils ont découvert les étonnantes vertus curatives du nectar des Lys d'Éternelle Jouvence. Ils ont aussi retrouvé la première pierre précieuse – la topaze d'or, symbole de loyauté, qui possède le pouvoir de mettre les vivants en contact avec le monde des esprits, ainsi que celui d'aiguiser et d'éclaircir l'esprit. Au Lac des Pleurs, ils ont brisé l'enchantement maléfique de la sorcière Thaegan, libéré les peuples de Raladin et de D'Or de sa malédiction et récupéré la deuxième pierre – le grand rubis, symbole du bonheur, qui pâlit quand le malheur menace celui qui le porte.

1
Le piège

É puisés et les pieds douloureux, Lief, Barda et Jasmine cheminaient vers l'ouest et la légendaire Cité des Rats. Ils ne savaient pas grand-chose de la ville, excepté que ses habitants l'avaient désertée bien longtemps auparavant et que le mal y régnait en maître. Et aussi que l'une des sept pierres précieuses perdues de la Ceinture de Deltora devait y être cachée.

Ils marchaient depuis l'aube. À présent, alors que le soleil rougeoyant déclinait en direction de l'horizon, ils ne rêvaient plus que d'une halte afin de se reposer. Hélas... La route qu'ils suivaient, creusée de profondes ornières par les roues des charrettes, se faufilait à travers une plaine envahie de buissons épineux qui bordaient les bas-côtés en une haie dense et impénétrable aussi loin que portait le regard.

Lief soupira et, en guise de réconfort, effleura la Ceinture dissimulée sous sa chemise. Deux pierres précieuses l'ornaient désormais : la topaze couleur d'ambre et le rubis écarlate. L'une et l'autre avaient été obtenues au prix de combats menés contre des forces supérieures et, chaque fois, la victoire avait eu des conséquences prodigieuses.

Le peuple de Raladin, parmi lequel ils avaient séjourné au cours des quinze jours écoulés, ignorait tout de la quête qu'ils avaient entreprise pour retrouver les pierres perdues. Manus, le Ralad qui avait participé à la recherche du rubis, avait juré de tenir sa langue. Cependant, que les compagnons aient provoqué la mort de Thaegan, l'alliée du cruel Seigneur des Ténèbres, n'était un secret pour personne. Et tout le monde savait également que deux des treize enfants de la sorcière avaient connu le même sort que leur mère. Les Ralads, enfin délivrés de la malédiction du monstre, avaient composé de nombreux chants pour louer les exploits des compagnons.

Prendre congé d'eux avait été un crève-cœur. Comme ils avaient eu du mal à quitter Manus, et le bonheur, et la sécurité, et les bons repas, et les couches douillettes du village caché... Mais il restait encore cinq pierres précieuses à trouver, et tant qu'elles ne seraient pas restituées à la Ceinture, Deltora ne pourrait s'affranchir de la tyrannie du Seigneur des Ténèbres. Les trois compagnons devaient repartir...

— Ces buissons n'en finissent pas ! ronchonna Jasmine.

Tiré de ses pensées, Lief se retourna. Comme toujours, Filli, la petite créature à fourrure, était nichée sur l'épaule de Jasmine, clignant des yeux dans l'enchevêtrement de cheveux noirs de la jeune fille. Kree, le corbeau, qui ne s'éloignait jamais hors de sa vue, descendait en piqué au-dessus des épineux proches, gobant çà et là des insectes. Lui, du moins, se remplissait la panse.

— J'aperçois quelque chose ! s'écria soudain Barda.

Le colosse désigna du doigt un miroitement blanchâtre devant eux sur le bas-côté de la route.

Aiguillonnés par la curiosité et pleins d'espoir, les trois amis se hâtèrent vers l'endroit en question. Un étrange poteau indicateur saillait hors des buissons.

— Que signifie ce panneau ? murmura Jasmine.

— On dirait qu'il indique la direction d'une échoppe, répliqua Lief.

— Une échoppe ? Qu'est-ce que c'est ?

Lief jeta un regard surpris à la jeune fille avant de se rappeler qu'elle avait vécu toute sa vie au sein des Forêts du Silence et n'avait jamais vu la plupart des choses qui, pour lui, allaient de soi.

— Une échoppe est un lieu où l'on achète et où l'on vend des marchandises, expliqua Barda. Aujourd'hui, dans la cité de Del, les échoppes ne proposent plus guère d'articles, et beaucoup sont fermées. Mais jadis, avant la venue du Seigneur des Ténèbres, elles étaient florissantes. Elles regorgeaient de nourriture, de boissons, de vêtements et de mille autres objets.

Jasmine, la tête penchée, considéra le colosse. Lief se rendit compte qu'elle ne comprenait pas davantage. Pour elle, la nourriture poussait sur les arbres, et les boissons coulaient dans les cours d'eau. Quant au reste, on le trouvait ou on le fabriquait – et ce qu'on ne pouvait trouver ou fabriquer, on s'en passait.

Les trois compagnons poursuivirent leur route, parlant à voix basse, s'efforçant d'oublier leur fatigue. Bientôt, l'obscurité grandissante les obligea à allumer une torche pour éclairer leurs pas. Barda maintenait bas la flamme dansante. Tous savaient, cependant, qu'elle était visible d'en haut.

L'idée qu'on pût ainsi les suivre à la trace n'était pas agréable. À l'instant même, les espions du Seigneur des Ténèbres patrouillaient peut-être les cieux. De plus, ils n'avaient pas encore franchi la limite des terres de Thaegan. La sorcière avait beau être morte, ils n'ignoraient pas que là où le mal avait si longtemps exercé son emprise, le danger demeurait omniprésent.

Environ une heure après qu'ils eurent allumé la torche, Jasmine s'arrêta et jeta un coup d'œil derrière elle.

— Il y a du monde à nos trousses, souffla-t-elle. Et pas qu'un peu.

Si Lief et Barda ne percevaient aucun bruit, ils s'abstinrent pourtant de l'interroger. Les sens de Jasmine, ils s'en étaient rendu compte, étaient dix fois plus aiguisés que les leurs. Elle pouvait bien ignorer ce qu'était une échoppe, savoir à peine lire et écrire, dans d'autres domaines ses connaissances étaient vastes.

— Ils ont parfaitement conscience de notre présence, chuchota-t-elle. Ils font halte quand nous faisons halte et avancent quand nous avançons.

En silence, Lief retroussa sa chemise et examina le rubis dans la Ceinture autour de sa taille. Le cœur battant, il constata, à la lueur dansante de la torche, que son rouge profond avait viré au rose pâle.

Barda et Jasmine contemplaient la pierre, eux aussi. Ils avaient appris, comme Lief, que le rubis perdait de son éclat lorsqu'un danger menaçait celui qui le portait. Son message, à présent, était clair.

— Nos poursuivants ont donc des intentions malveillantes, marmonna Barda. Qui sont-ils ? Kree ne pourrait-il voler jusqu'à eux et...

— Kree n'est pas une chouette ! le coupa Jasmine d'un ton brusque. Il n'y voit pas plus que nous dans le noir. (Elle s'accroupit, posa l'oreille contre le sol et se concentra, les sourcils froncés.) Il ne s'agit pas de Gardes Gris, au moins, déclara-t-elle enfin. Ils se déplacent trop silencieusement et ne marchent pas au pas.

— Une bande de voleurs, peut-être, qui envisagent de nous tendre une embuscade au moment où nous bivouaquerons pour dormir ou nous reposer. Faisons demi-tour et attaquons-les !

Lief, la tête encore pleine des chansons des Ralads, avait déjà la main sur la poignée de son épée. Comparée aux monstres que Barda, Jasmine et lui avaient affrontés et vaincus, une troupe dépenaillée de brigands était une partie de plaisir.

— Le milieu d'une route bordée de buissons épineux n'est pas l'endroit rêvé pour se défendre, Lief, le reprit sévèrement Barda. Et il n'y a nulle part ici où se cacher afin de prendre l'ennemi par surprise. Avançons plutôt et essayons de trouver une meilleure position.

Ils repartirent, pressant l'allure. Lief ne cessait de jeter des coups d'œil derrière lui... mais les ombres demeuraient impénétrables.

Ils parvinrent à un arbre mort dont le tronc blanchi se dressait, tel un fantôme, au milieu des épineux. À peine l'eurent-ils dépassé, Lief perçut un changement dans l'air et la nuque commença à lui picoter.

— Ils gagnent du terrain, dit Jasmine, haletante.

Soudain, un hurlement s'éleva, long et bas, à glacer le sang.

Filli, la fourrure hérissée, agrippa l'épaule de Jasmine et poussa un couinement effrayé.

Un nouveau hurlement retentit, puis un troisième.

— Des loups ! siffla Jasmine. Impossible de les distancer. Ils sont presque sur nous ! (Elle prit à la hâte deux autres torches dans son sac à dos et les alluma à la flamme de la première.) Ils craignent le feu, expliqua-t-elle en fourrant les bâtons enflammés dans les mains de Lief et de Barda. Nous devons leur faire face et ne jamais leur tourner le dos.

Lief empoigna sa torche.

— Et parcourir à reculons tout le chemin jusqu'à l'échoppe de Tom ? plaisanta-t-il sans grande conviction.

Mais Jasmine ne sourit pas, pas plus que Barda. Le colosse scrutait la silhouette blanchie de l'arbre mort dans le lointain.

— Ils se sont tenus à carreau tant que nous n'avons

pas dépassé cet arbre, marmonna-t-il. Ils voulaient nous empêcher d'y grimper et de leur échapper. Ce ne sont pas là des loups ordinaires !

— Tenez-vous prêts ! les avertit Jasmine, brandissant déjà sa dague.

Lief et Barda tirèrent leurs épées. Les trois compagnons se regroupèrent, levant haut leurs torches, attendant.

Et, dans un nouveau concert de hurlements épouvantables, surgit brusquement des ténèbres ce qui ressemblait à une mer de minuscules points jaunes en mouvement : les yeux des loups.

Jasmine cingla l'air de sa torche de droite et de gauche devant elle. Lief et Barda firent de même, si bien qu'une ligne de flammes forma bientôt une barrière mouvante entre les loups et eux.

Les bêtes ralentirent leur progression sans cesser pour autant d'avancer. À mesure qu'elles se rapprochaient de la lumière, Lief constata qu'en effet ce n'étaient pas là des loups ordinaires. Gigantesques, ils étaient couverts d'une fourrure hirsute et feutrée à rayures marron et jaunes. Leurs babines retroussées dénudaient leurs mâchoires grondantes, et l'intérieur de leurs gueules bavantes n'était pas rouge mais noir.

Il les compta rapidement. Il y en avait onze. Pour une obscure raison, ce chiffre lui évoquait quelque chose, mais quoi ? Cela dit, il avait d'autres chats à fouetter dans l'immédiat que de se soucier de ce genre de détail. Avec Barda et Jasmine, il commença à battre en retraite, agitant sa torche sans relâche. Chaque fois que les compagnons reculaient d'un pas, cependant, les bêtes avançaient d'autant.

Lief se rappela sa pauvre blague. « Et parcourir à reculons tout le chemin jusqu'à l'échoppe de Tom ? » s'était-il esclaffé.

Eh bien, à présent, il semblait qu'ils n'auraient pas le choix ! La meute les rabattait comme du gibier.

La meute nous rabat comme du gibier... Ce ne sont pas là des loups ordinaires... Il y en a onze...

Il eut un haut-le-cœur.

— Barda ! Jasmine ! siffla-t-il. Nous n'avons pas affaire à des loups. Ce sont...

Il ne termina pas sa phrase. Car, à l'instant où ses compagnons et lui reculaient encore d'un pas, l'immense filet qui avait été tendu à leur intention fut levé et tous trois se retrouvèrent suspendus dans les airs, hurlant à pleins poumons.

2

Du rôti

Serrés comme des sardines, à peine capables de bouger un doigt, Lief, Barda et Jasmine oscillaient entre ciel et terre à en avoir la nausée, réduits à l'impuissance – leurs torches et leurs armes avaient volé de leurs mains quand ils avaient été arrachés du sol. Kree voltigeait autour d'eux, croassant de désespoir.

Le filet était accroché à un arbre qui poussait sur le bas-côté de la route. Celui-là, à l'inverse du premier, était plein de sève. La branche qui supportait le filet était épaisse et vigoureuse – trop solide pour casser.

Au-dessous, les hurlements des loups se transformaient en mugissements de triomphe. Lief jeta un coup d'œil. À la lumière des torches tombées, il vit les corps des bêtes enfler et prendre des formes humaines.

En un éclair, onze créatures hideuses et souriant jusqu'aux oreilles se mirent à gambader sous l'arbre. Certaines étaient grandes, d'autres petites. Des poils recouvraient les unes ; d'autres étaient complètement glabres. Il y en avait des vertes, des marron, des jaunes, des blanches à l'aspect maladif – et même des rougeâtres. L'une possédait six jambes très courtes. Mais Lief savait qui elles étaient.

C'étaient les enfants de la sorcière Thaegan. Il se souvint de la comptine qui énumérait leurs noms.

Hot, Tot, Jin, Jod,
Fie, Fly, Zan, Zod,
Pik, Snik, Lun, Lod
Et le redoutable Ichabod.

Jin et Jod étaient morts étouffés dans les sables mouvants, pris à leur propre piège. Maintenant, des treize, il n'en restait que onze. Mais ils étaient là au grand complet. Ils s'étaient rassemblés afin de pourchasser les ennemis qui avaient tué leur mère et leurs frère et sœur. Ils criaient vengeance.

Grognant et reniflant, quelques monstres déracinaient des épineux qu'ils empilaient sous le filet oscillant. D'autres avaient ramassé les torches et dansaient en chantonnant :

Augmentons, augmentons toujours plus la chaleur !
Le rôti n'en aura que bien meilleure saveur !

Comme nous nous amusons
Le temps de la cuisson...
Entendez-le crier
Et ses os éclater !
Augmentons, augmentons toujours plus la chaleur !
Le rôti n'en aura que bien meilleure saveur !

— Ils vont nous brûler vifs, gémit Barda, se débattant en vain. Jasmine, ta seconde dague... Peux-tu l'atteindre ?

— Crois-tu que je serais là à me balancer comme un pendule si c'était le cas ? murmura Jasmine avec colère.

Les monstres lancèrent les torches sur le tas d'épineux en poussant d'horribles cris. Déjà, Lief sentait la chaleur sur sa peau et la fumée lui emplissait les narines. Bientôt, le bois vert allait sécher et s'embraser. Alors ses amis et lui rôtiraient au-dessus des flammes, et une fois le filet consumé, ils tomberaient dans le feu.

Quelque chose de doux effleura la joue de Lief. C'était Filli. La petite créature avait réussi à descendre de l'épaule de Jasmine et se faufilait dans la nasse juste à côté de l'oreille de Lief.

Lui, du moins, était libre, mais, contre toute attente, Filli n'escalada pas les cordes pour se hisser dans l'arbre. Cramponné au filet, il se mit à le grignoter avec ardeur. Lief comprit que l'animal essayait de faire une ouverture assez large pour permettre aux trois compagnons de s'échapper.

Combien de temps, cependant, faudrait-il aux dents minuscules pour venir à bout d'un réseau de mailles aussi épais et solide ? Bien trop. Avant même que Fili n'ait réussi à forer ne serait-ce qu'un trou d'aiguille, les monstres remarqueraient son manège. Alors, ils le chasseraient... ou le tueraient.

Un hurlement de rage s'éleva du sol. Pris de panique, Lief regarda ce qui se passait. Leurs ennemis avaient-ils déjà repéré Filli ? Non... ils n'avaient pas le nez en l'air. En fait, ils se dévisageaient les uns les autres, la mine furieuse.

— Deux jambes pour Ichabod ! rugissait le plus gros, frappant son poitrail rougeâtre plein de bourrelets. Deux jambes *et* une tête !

— Non ! Non ! répondirent d'un ton hargneux deux créatures vertes, babines retroussées sur des dents marron dégoulinantes de bave. Injuste ! Fie et Fly disent non !

— Ils se disputent pour savoir quels morceaux de nous ils vont manger ! s'exclama Barda.

— Tant mieux ! maugréa Jasmine. Plus ils se querelleront, plus Filli aura de temps pour accomplir sa besogne.

— Parts égales ! glapirent les deux plus petits monstres, leurs voix stridentes couvrant le raffut général. Hot et Tot disent parts égales !

Leurs frères et sœurs ronchonnèrent et marmonnèrent.

— Ils sont vraiment stupides ! cria soudain Lief, feignant de s'adresser à Barda et à Jasmine. Ils n'ont pas encore compris qu'ils ne pourront pas avoir des parts égales !

— Lief, tu es devenu fou ? siffla Jasmine.

Mais le garçon, voyant que les monstres s'étaient tus et tendaient l'oreille, brailla de plus belle.

— Nous sommes trois et eux, onze ! clama-t-il. Le moyen de diviser trois en onze parts égales ? C'est impossible !

Tout autant que Jasmine, Lief était conscient qu'il prenait un risque. Les monstres pouvaient lever les yeux vers lui et voir Filli par la même occasion. Mais il misait sur le fait que, emplis de suspicion et de colère les uns vis-à-vis des autres, ils ne se quitteraient pas un instant du regard.

Et, à son soulagement, il devina qu'il avait gagné son pari. Les monstres s'étaient rassemblés par petits groupes et se toisaient d'un air narquois.

— S'ils n'étaient que neuf, ils pourraient nous découper en trois et avoir une part chacun ! cria Lief. Mais, en l'état actuel des choses...

— Parts égales ! glapirent Hot et Tot. Hot et Tot disent parts ég...

Ichabod fondit sur eux d'un bond et tapa violemment leurs deux têtes l'une contre l'autre. Hot et Tot tombèrent sans connaissance sur le sol.

— Eh bien, rugit le monstre, à présent, il y aura parts égales, ainsi que vous le souhaitiez. Car nous voilà neuf.

Le feu s'était mis à flamber et à crépiter. De la fumée montait en volutes. Lief, toussant, regarda de côté et vit que Filli s'activait à agrandir le petit trou qu'il avait fait dans le filet. Mais il avait besoin de plus de temps.

— Ils ont oublié un détail, Lief, dit Barda d'une voix tonitruante. S'ils divisent chacun de nous en trois, les parts ne seront pas égales pour autant. Pardi ! Je fais deux fois la taille de Jasmine ! Celui qui recevra un tiers d'elle fera une très mauvaise affaire. Sans rire, il faudrait la partager en deux !

— En effet, acquiesça Lief sans tenir compte des cris de fureur de l'intéressée. Mais, dans ce cas, cela ne ferait plus que huit morceaux, Barda. Et il y a neuf bouches à nourrir !

Du coin de l'œil, il vit Zan, le monstre à six jambes, hocher la tête d'un air pensif, puis pivoter pour assommer sa voisine, Fie, l'envoyant au tapis.

Fly, fou de rage de voir attaquer sa jumelle, sauta sur le dos de l'agresseur, et se mit à le griffer et à le mordre. Zan rugit, parcourut quelques pas chancelants et fit basculer son frère qui, dans sa chute, s'empala sur les cornes de Fie.

Et soudain, ce fut la mêlée générale – tous criaient, se mordaient et se rouaient de coups, s'écrasant dans les épineux, culbutant dans le feu, roulant sur le sol.

Le combat dura un bout de temps. Quand Filli eut terminé son travail, que les trois compagnons se furent échappés du filet et réfugiés dans l'arbre, il ne restait plus qu'un seul monstre debout : Ichabod.

Il se tenait près du feu, au milieu des cadavres de ses frères et sœurs, braillant et se frappant la poitrine en signe de triomphe. D'un instant à l'autre, il allait lever les yeux, constater que le filet était vide et que la nourriture pour laquelle il s'était battu était dans l'arbre... et ne pouvait aller nulle part.

Jasmine tira sa seconde dague de ses jambières et vérifia que Filli avait regagné son épaule.

— Nous devons le prendre par surprise, chuchota-t-elle. C'est notre unique chance.

Sans ajouter un mot, elle sauta, frappant le dos d'Ichabod de ses deux pieds. Déséquilibré, le monstre s'affala dans le feu avec fracas et poussa un rugissement.

Rassemblant leurs esprits, Lief et Barda se laissèrent glisser le long du tronc le plus vite possible, et coururent à l'endroit où Jasmine récupérait sa dague et leurs épées.

— Assez traîné ! dit-elle d'un ton rude en leur lançant leurs armes. Dépêchez-vous !

24

Kree volant au-dessus d'eux, tous trois filèrent comme le vent sur la route, sans se soucier des ornières ni de l'obscurité. Dans leur dos, Ichabod rugissait de rage et de douleur, tandis qu'il rampait hors des braises et se jetait à leurs trousses sur ses jambes chancelantes.

3

Au bonheur du voyageur

Les trois amis couraient à perdre haleine, pantelant, la poitrine douloureuse, tendant l'oreille pour guetter d'éventuels hurlements. Si Ichabod se transformait en loup ou en une autre bête, il les attraperait sans la moindre difficulté. Mais ils ne perçurent aucun bruit.

« Peut-être le monstre ne peut-il pas se métamorphoser quand il est blessé », songea Lief. Si tel était le cas, ils étaient hors de danger. Cependant, pas plus que ses deux compagnons, il n'osa s'arrêter ni ralentir l'allure.

Ils parvinrent à un endroit où la piste traversait une rivière peu profonde.

— Je parie que ce cours d'eau marque la frontière des terres de Thaegan, dit Barda en haletant. Vous voyez ? Il n'y a pas d'épineux sur la berge d'en face. Ichabod ne nous y suivra pas.

Les jambes tremblant de fatigue, ils franchirent l'eau glacée dans des gerbes d'éclaboussures. La piste se poursuivait sur l'autre rive, mais une herbe tendre et verte parsemée de fleurs la bordait, ainsi que des arbustes.

Ils marchèrent encore un peu puis, quittant la piste, ils se laissèrent tomber au sol à l'abri d'un bosquet. Bercés par le bruissement des feuilles et la tête reposant sur l'herbe moelleuse, ils sombrèrent dans le sommeil.

✳

Quand ils se réveillèrent, le soleil était haut dans le ciel et Kree les appelait. Lief s'étira et bâilla. Ses muscles étaient ankylosés et endoloris à cause de la longue course, et il avait mal aux pieds.

Barda s'agita et s'assouplit le dos.

— Nous aurions dû monter la garde à tour de rôle, grogna-t-il. Nous avons manqué de prudence en nous croyant en sécurité si près de la frontière.

— Nous étions épuisés. Et Kree veillait.

Jasmine s'était levée et explorait déjà le bouquet d'arbustes. Manifestement, elle ne souffrait d'aucune raideur.

Elle posa la main sur le tronc rugueux d'un arbre. Au-dessus d'elle, les feuilles s'agitaient légèrement. Elle pencha la tête et parut écouter.

— Les arbres disent que des charrettes empruntent encore très souvent cette voie, déclara-t-elle enfin. Lourdement chargées et tirées par des chevaux. Mais aucune aujourd'hui.

Avant de se remettre en route, ils mangèrent un peu du pain, du miel et des baies que leur avaient donnés les Ralads. Filli en eut sa part – ainsi qu'un rayon de miel, son mets préféré.

Puis ils repartirent sans hâte. Au bout d'un moment, ils aperçurent un nouveau panneau indiquant l'échoppe de Tom.

— J'espère que Tom a quelque chose pour les pieds douloureux, marmonna Lief.

— À l'évidence ! répliqua Barda. La pancarte dit : « Au bonheur du voyageur ». Cela étant, nous ne devrons acheter que ce dont nous avons un réel besoin. Nous n'avons guère d'argent.

Jasmine leur jeta un coup d'œil. Elle ne souffla mot, mais Lief remarqua qu'elle accélérait le pas. Visiblement, elle était curieuse de voir à quoi ressemblait une échoppe.

Une heure plus tard, au détour d'un virage, ils distinguèrent une haute structure métallique en zigzag qui se dressait, tel un éclair, parmi un bosquet. De grandes lettres se détachaient sur le côté.

Étonnés, ils continuèrent leur route. À mesure qu'ils se rapprochaient de l'endroit, ils constatèrent que les arbres, en forme de fer à cheval, étaient groupés sur les côtés et à l'arrière d'un étrange petit bâtiment de pierre. L'éclair orné de lettres métalliques s'enfonçait au beau milieu de son toit pointu, donnant l'impression que l'édifice était frappé par la foudre.

À n'en pas douter, c'était l'échoppe de Tom, bien qu'à première vue le lieu ressemblât davantage à une auberge qu'à une boutique. Une étendue plate et dégagée séparait la bâtisse de la route – assez vaste pour permettre à plusieurs charrettes de s'y arrêter – et, çà et là, il y avait d'immenses abreuvoirs de grès emplis d'eau pour les animaux. Toutefois, une large vitrine de verre étincelait à droite de la porte sur laquelle on avait peint le nom du propriétaire en majuscules vermillon – disposées verticalement, comme celles qui figuraient sur l'enseigne de la cheminée et sur les poteaux au bord de la route.

Barda sourit.

— Ce Tom aime clamer son nom à tous les vents ! Très bien. Voyons ce qu'il a pour nous.

Ils franchirent le terre-plein et regardèrent par la vitrine. L'échoppe était pleine à craquer de ballots, de chapeaux, de ceintures, de bottes, de chaussettes, d'outres, de manteaux, de cordes, de marmites et de casseroles, et d'une multitude d'autres objets, y compris certains que Lief n'identifia pas. Étrangement, il n'y avait ni prix ni étiquettes. Seule une pancarte jaune indiquait :

Une clochette tintinnabula quand ils poussèrent la porte et entrèrent. Personne ne vint les accueillir. Ils regardèrent autour d'eux, clignant des yeux dans l'obscurité. La pièce encombrée semblait très sombre par rapport à la luminosité de dehors. D'étroites allées séparaient les rayonnages qui s'élevaient du sol jusqu'au plafond bas. Les étagères croulaient sous les marchandises. À l'extrémité opposée se dressait un comptoir poussiéreux jonché de livres de comptes, d'une balance et d'une boîte en fer qui devait servir de caisse. Derrière, il y avait encore des étagères, une porte et un panonceau :

VOYAGEURS !

CHOISISSEZ AVEC SOIN
NI ÉCHANGES. NI REMBOURSEMENTS.
NI REGRETS.

— Tom est un homme confiant, déclara Barda en regardant alentour. Bah tiens, nous aurions pu entrer, voler ce que nous voulions et être loin, à l'heure qu'il est.

Pour illustrer ses propos, Barda tendit la main vers une lanterne sur l'étagère voisine. Quand il tenta de la soulever, la lanterne ne bougea pas.

Le colosse en resta bouche bée. Il redoubla d'effort... Peine perdue. Pour finir, alors que Lief se tordait de rire et que Jasmine l'observait, l'œil rond, il déclara forfait. Mais quand il voulut ôter les doigts de la lanterne, il en fut incapable. Il s'acharna de plus belle... Sa main était comme collée.

— Vous désirez une lanterne, l'ami ?

Les trois compagnons tressaillirent violemment et pivotèrent. Un homme grand et mince avec un chapeau repoussé sur le crâne se tenait derrière le comptoir, les bras croisés. Un sourire moqueur retroussait sa large bouche.

— Qu'est-ce que c'est que ça ? cria Barda avec colère, désignant la lanterne de sa main libre.

— La preuve que Tom n'est pas un homme confiant, répondit l'individu, son sourire s'épanouissant.

Il glissa un long index sous le comptoir, et peut-être y appuya-t-il sur un bouton, car soudain la main de Barda fut libérée. Le colosse bascula en arrière, percutant avec force Lief et Jasmine.

— Eh bien, reprit l'homme. Qu'est-ce que Tom peut vous montrer ? Et, surtout, qu'est-ce que Tom peut vous *vendre* ?

Il se frotta les paumes.

— Nous aurions besoin d'une bonne longueur de corde robuste, répondit Lief, voyant que Barda allait

dire « rien ». Ainsi qu'un remède pour les pieds douloureux, si vous avez ce genre d'article.

— Si j'ai ce genre d'article ? se récria Tom. Bien
sûr que oui. Au bonheur du voyageur. N'avez-vous
pas remarqué la pancarte ?

Il sortit de derrière le comptoir et choisit un rouleau d'une corde mince sur une étagère.

— C'est ce que j'ai de mieux. Légère et très robuste.
Pour trois pièces d'argent, elle est à vous.

— Trois pièces d'argent pour un bout de corde ?
explosa Barda. C'est du vol !

Le sourire de Tom ne s'estompa pas.

— Pas du vol, l'ami, mais l'art de faire des affaires,
répliqua-t-il avec calme. Car où trouveriez-vous une
corde de cette qualité-là ?

Tenant une extrémité de la corde, il lança le reste
en l'air d'un petit mouvement du poignet. La corde
se déroula comme un serpent et se noua autour d'un
chevron du plafond. Tom tira dessus, afin d'en montrer la solidité. Puis il refit un geste sec du poignet.
La corde se dénoua et retomba dans ses mains, de
nouveau parfaitement enroulée.

— C'est de la supercherie, gronda Barda, le regard
noir.

Lief, quant à lui, était fasciné.

— Nous la prenons ! s'écria-t-il avec enthousiasme,
dédaignant le coup de coude que lui donnait Barda

dans les côtes et le froncement de sourcils suspicieux de Jasmine.

Tom se frotta les mains.

— J'étais sûr que vous étiez homme à reconnaître une bonne affaire. Bien. Que puis-je vous montrer d'autre ? Sans obligation d'achat !

Lief regarda autour de lui avec excitation. Si cette échoppe proposait des cordes qui se comportaient comme si elles étaient douées de vie, quelles autres merveilles pouvait-elle bien contenir ?

— Tout ! s'exclama-t-il. Nous voulons tout voir !

Tom sourit jusqu'aux oreilles.

Jasmine s'avança, mal à l'aise. Il était clair qu'elle n'aimait pas l'échoppe encombrée, avec son plafond bas, pas plus qu'elle n'appréciait Tom.

— Filli et moi vous attendons dehors avec Kree, déclara-t-elle.

Sur ce, elle tourna les talons et sortit.

Une heure s'écoula, pendant laquelle Tom présenta à Lief des chaussettes rembourrées pour les pieds sensibles, des télescopes capables de voir dans les coins, des assiettes autonettoyantes et des pipes qui soufflaient des bulles de lumière. Il lui présenta des machines qui prédisaient le temps, de petits cercles blancs semblables à du papier, qui se gonflaient pour se transformer en miches de pain quand on y ajoutait de l'eau, une hache dont le tranchant ne s'émoussait jamais, un tapis de couchage qui flottait au-dessus du sol, des perles minuscules qui produisaient du feu et des dizaines et des dizaines d'autres inventions prodigieuses.

Peu à peu, Barda oublia ses précautions : il commença à observer, et à poser des questions. Quand Tom en eut terminé avec son inventaire, il était tout à fait convaincu et aussi impatient que Lief d'acquérir autant de ces merveilles que leurs moyens le leur permettraient. Il y avait des objets si extraordinaires... des objets qui leur rendraient le voyage plus facile, plus sûr et plus confortable.

Tom croisa les bras et se recula, souriant.

— Voilà. Tom vous a montré. À présent, que peut-il vous vendre ?

4

L'argent compte

Certaines des marchandises de Tom – le tapis de couchage flottant, par exemple – coûtaient plus cher à elles seules que tout l'argent que possédaient Lief et Barda. D'autres, cependant, étaient dans leurs moyens, et le choix se révéla difficile.

Pour finir, ils prirent la corde qui s'enroulait d'elle-même, un paquet de « Sans-Cuisson » – les ronds blancs qui se transformaient en miches de pain –, un pot de « Pure et Limpide » – une poudre qui rendait potable n'importe quelle eau – et des paires de chaussettes rembourrées. La pile de leurs emplettes était ridiculement petite et ils durent écarter nombre d'articles beaucoup plus intéressants, notamment les perles à feu et la pipe qui soufflait des bulles de lumière.

— Si seulement nous étions plus riches ! se lamenta Lief.

— Ah ! dit Tom, repoussant un peu son chapeau en arrière. Eh bien, peut-être pouvons-nous conclure un marché. Je vends mais j'achète aussi.

Il lorgna l'épée de Lief.

Mais le garçon secoua catégoriquement la tête. Il avait beau convoiter les marchandises de Tom, jamais il ne céderait l'épée que son père avait forgée pour lui.

Tom haussa les épaules.

— Bien que votre cape soit légèrement tachée, reprit-il d'un ton désinvolte, je pourrais vous en donner un petit quelque chose.

Lief sourit. Sous ses airs de feinte indifférence, Tom savait pertinemment que la cape tissée par la mère de Lief possédait des pouvoirs particuliers.

— Cette cape, répliqua Lief, rend quasi invisible celui qui la porte. Elle nous a plusieurs fois sauvé la vie. Je crains qu'elle non plus ne soit pas à vendre.

Tom soupira.

— Dommage.

Il se mit à ranger les perles à feu et la pipe à lumière.

À cet instant, la clochette de la porte tinta et un étranger entra. Aussi grand et puissamment bâti que Barda, il avait de longs cheveux noirs emmêlés et une barbe hirsute. Une cicatrice zébrait l'une de ses joues, pâle sur sa peau hâlée.

Lief vit Jasmine se glisser derrière lui. Elle se plaça dos à la porte, la main sur la dague passée à sa ceinture. À l'évidence, elle attendait les ennuis de pied ferme.

L'étranger adressa un bref signe de tête à Lief et à Barda, prit sur une étagère un rouleau de la corde qui s'enroulait d'elle-même et se dirigea vers le comptoir poussiéreux.

— Combien ? demanda-t-il à Tom abruptement.

— Une pièce d'argent pour vous, messire, rétorqua Tom.

Les yeux de Lief s'écarquillèrent. Tom leur avait dit que la corde coûtait *trois* pièces d'"argent. Il ouvrit la bouche, prêt à protester, puis sentit les doigts de Barda lui enserrer le poignet en guise de mise en garde. Levant la tête, il vit que les yeux du colosse étaient rivés au comptoir, près de l'endroit où l'étranger avait posé les mains. Il y aperçut une marque tracée dans la poussière.

Le signe qui symbolisait secrètement la résistance au Seigneur des Ténèbres ! Le signe qu'ils avaient si souvent vu gravé sur les murs tout au long de la route qui les menait vers le Lac des Pleurs ! En le dessinant sur le comptoir, l'étranger s'était fait connaître à Tom. Et celui-ci avait réagi en baissant le prix de la corde.

L'étranger jeta une pièce d'argent dans la paume de Tom et, dans la manœuvre, sa manche effaça discrètement le dessin.

La scène se déroula très vite. Si Lief n'avait vu la marque de ses propres yeux, il aurait douté qu'elle eût jamais été là.

— J'ai entendu des rumeurs concernant d'étranges événements survenus au Lac des Pleurs et dans les terres qui s'étendent au-delà de la rivière, déclara l'étranger avec désinvolture au moment de s'en aller. Il paraît que Thaegan n'est plus.

— Vraiment ? répliqua Tom d'un ton mielleux. Je ne saurais vous dire. Je ne suis qu'un pauvre commerçant et j'ignore le premier mot de ces choses. J'ai cru comprendre que les épineux qui bordent la route sont toujours aussi envahissants.

L'étranger grogna.

— La sorcellerie n'a rien à voir là-dedans. Ces buissons sont le résultat d'une centaine d'années de pauvreté et de négligence. « Les épineux du roi de Del », voilà comment je les appelle, et je ne suis pas le seul.

Le cœur de Lief se serra. En dessinant le signe secret, cet étranger avait montré qu'il vouait sa vie à lutter contre le Seigneur des Ténèbres. Mais, manifestement, il haïssait la mémoire des rois et des reines de Deltora autant que Lief autrefois, et leur imputait les malheurs du royaume.

Lief était contraint au silence. Cependant, il ne put s'empêcher de dévisager l'homme quand il passa à sa hauteur. L'étranger lui retourna son regard sans un sourire et quitta l'échoppe, frôlant Jasmine quand il franchit la porte.

— Qui était-ce ? chuchota Barda à Tom.

Le commerçant remit son chapeau en place sur sa tête.

— On ne prononce aucun nom dans l'échoppe de Tom sinon celui de Tom lui-même, monsieur, répondit-il avec calme. Cela vaut mieux en ces temps troublés.

Lief entendit de nouveau tinter la clochette. Il se retourna. Jasmine sortait. Maintenant que tout risque de danger était écarté, elle était impatiente de retrouver l'air frais.

Peut-être Tom devina-t-il que Lief et Barda avaient aperçu et compris la marque que l'étranger avait tracée sur le comptoir, car soudain il prit les perles à feu et la pipe à lumière et les mit sur leur petite pile d'achats.

— Pas de supplément, annonça-t-il comme ils lui jetaient un regard surpris. Tom est toujours heureux d'aider un voyageur... ainsi que vous avez pu le constater.

— Un voyageur qui est dans le bon camp, répliqua Barda avec un sourire.

Mais Tom se contenta de hausser les sourcils, l'air de n'avoir pas la moindre idée de ce que voulait dire le colosse, et tendit la main pour recevoir son dû.

— C'est un plaisir de vous servir, messieurs, conclut-il tandis qu'ils lui donnaient l'argent.

Il compta rapidement les pièces, hocha le menton et les rangea dans sa boîte en fer.

— Et notre cadeau ? s'enquit Lief avec effronterie. La pancarte dans la vitrine affirme que...

— Ah, bien sûr ! acquiesça Tom. Le cadeau. (Il se pencha, fourragea sous le comptoir et, se redressant, tendit à Lief une petite boîte plate.) Qui ne demande rien n'a rien, ajouta-t-il. Est-ce là votre devise, mon jeune seigneur ? Eh bien, c'est aussi la mienne.

Lief examina la boîte. Elle tenait sans mal dans sa paume et paraissait fort ancienne. L'inscription fanée sur l'étiquette indiquait simplement :

Gobe-Eau
Utiliser avec précaution

— Qu'est-ce que c'est ? demanda-t-il, perplexe.

— Le mode d'emploi figure au dos, répondit Tom. Il...

Soudain, il s'interrompit, l'oreille aux aguets. Puis il sortit de derrière le comptoir et fila comme une flèche vers la porte du fond.

Dans sa hâte, il la laissa ouverte. Lief et Barda la franchirent à sa suite. Ils virent avec surprise qu'elle donnait sur un pré ceint d'une clôture blanche et complètement dissimulé de la route par les hauts arbres qui l'entouraient. Jasmine, assise sur la clôture, Kree perché sur son épaule, caressait trois chevaux gris.

Tom marcha vers elle à grandes enjambées, faisant des gestes des bras.

— Ne touchez pas les animaux, s'il vous plaît ! cria-t-il. Ils ont une valeur inestimable.

— Je ne leur fais aucun mal ! s'exclama Jasmine, indignée.

Toutefois, elle éloigna sa main.

Les bêtes reniflèrent, déçues.

— Des chevaux ! marmonna Barda à Lief. Si seulement nous avions des montures ! Tu imagines le temps que nous gagnerions ?

Lief hocha lentement la tête. Il n'avait jamais monté de sa vie, et Jasmine non plus, sans doute. Mais ils pourraient apprendre. À cheval, ils seraient capables de semer n'importe quel ennemi, y compris des Gardes Gris.

— Accepteriez-vous de nous vendre ces bêtes ? demanda-t-il à Tom en le rejoignant. Par exemple, si nous vous rendions tous les articles que nous avons achetés, cela serait-il assez pour...

Tom lui jeta un regard sévère.

— Ni échanges ! Ni remboursements ! Ni regrets ! rétorqua-t-il d'un ton brusque.

Désappointé, Lief eut un haut-le-cœur.

— De quoi parlez-vous ? s'impatienta Jasmine. « Acheter », « vendre », qu'est-ce que ça signifie, à la fin ?

Tom la dévisagea, interloqué.

— Vos amis aimeraient posséder des montures, jeune demoiselle, expliqua-t-il comme si Jasmine était une enfant. Mais ils n'ont plus rien à m'offrir en échange. Ils ont dépensé leur argent dans d'autres articles. Et... (il lorgna la cape et l'épée de Lief)... ils ne souhaitent pas troquer quoi que ce soit.

Jasmine hocha pensivement le menton, sa lanterne enfin éclairée.

— Dans ce cas, j'ai peut-être quelque chose à échanger, moi. J'ai de nombreux trésors.

Elle se mit à fouiller ses poches. Elle en sortit une plume, une longueur de ficelle tressée, des pierres, sa seconde dague et son peigne édenté. Tom l'observait, souriant et secouant la tête.

— Jasmine ! s'écria Lief, un peu honteux. Aucune de ces babioles ne...

Puis il resta bouche bée. Barda, quant à lui, étouffa une exclamation. Et les yeux de Tom lui jaillirent des orbites.

Car Jasmine avait tiré une bourse d'une de ses poches et en renversait le contenu avec insouciance. Une pluie de pièces d'or s'en échappait, formant un tas brillant sur ses genoux.

5

Le marché

« Mais bien sûr ! » pensa Lief une fois remis de sa stupeur. Jasmine avait détroussé de nombreux Gardes Gris ayant succombé aux horreurs des Forêts du Silence. Il avait aussi aperçu beaucoup de pièces d'or et d'argent parmi les trésors qu'elle conservait dans son nid au faîte des arbres. Cependant, il n'avait pas remarqué qu'elle en avait emporté quand elle s'était jointe à leur quête. Il en avait presque oublié l'existence. Jasmine, pour sa part, n'en parlait jamais ; pour elle, elles ne représentaient que de jolis souvenirs.

Quelques pièces tombèrent et roulèrent sur le sol. Barda s'empressa de les ramasser ; Jasmine, elle, les regarda à peine. Elle observait Tom, dont les yeux brillaient. Peut-être ne comprenait-elle rien au fait d'acheter et de vendre... n'empêche qu'elle savait reconnaître la cupidité là où elle se manifestait.

Elle leva une poignée de pièces.

— Vous aimez cela ?

— Si fait, jeune demoiselle, répliqua Tom, se remettant un peu. À la folie.

— Dans ce cas, nous donnerez-vous les chevaux en échange ?

Une étrange expression se dessina sur le visage de Tom – une expression peinée, comme si le désir qui le tenaillait de prendre l'or était battu en brèche par un autre sentiment. Il semblait calculer, peser les risques...

Il parvint finalement à une décision.

— Je ne puis vendre les chevaux, déclara-t-il à regret. Ils sont... ils sont promis à des clients. Mais... j'ai quelque chose de mieux. Si vous voulez bien me suivre...

Il les mena jusqu'à une cabane qui se dressait d'un côté du pré. Il en ouvrit la porte et leur fit signe d'entrer.

Serrées les unes contre les autres dans un coin, trois créatures à l'apparence des plus singulières mâchaient du foin à grand bruit. À peu près de la taille d'un cheval, elles avaient de longs cous, des têtes minuscules avec d'étroites oreilles tombantes et, le plus surprenant, trois jambes seulement – une devant, très épaisse, et deux plus minces derrière. Leur robe était irrégulièrement tachée de noir, de brun et de blanc, comme si on l'avait éclaboussée de peinture. En lieu et place de sabots, elles avaient d'énormes pieds plats et poilus, chacun pourvu de deux gros orteils.

— Qu'est-ce que c'est ? demanda Barda, stupéfait.

— Des méliméloches, voyons ! s'exclama Tom, s'avançant pour tourner l'une des bêtes vers eux. Et des spécimens superbes, qui plus est. Des coursiers dignes d'un roi, monsieur. Exactement ce qui convient à vous-même et à vos compagnons.

Barda, Lief et Jasmine se lancèrent des regards dubitatifs. La perspective de parcourir des lieues et des lieues sur une monture plutôt qu'à pied était fort séduisante, cependant, les méliméloches avaient vraiment une allure bizarre.

— Ils s'appellent Noodle, Zanzee et Pip, annonça Tom.

Il flatta affectueusement la large croupe de chaque bête. Les méliméloches continuèrent de mastiquer leur foin avec indifférence.

— Ils ont l'air placides, déclara Barda au bout d'un moment. Cela étant, savent-ils galoper ? Sont-ils rapides ?

Tom leva les mains et roula les yeux.

— Rapides ? se récria-t-il. Mes amis, ils filent plus vite que le vent ! Ils sont forts, aussi, bien plus que n'importe quel cheval. Et loyaux... Oh, pour ça, leur loyauté est légendaire. En outre, ils ont un appétit

d'oiseau et le rude labeur ne les effraie pas. Les méliméloches sont très recherchés dans la région. Mais il
est difficile de s'en procurer. Très difficile.

— Combien en voulez-vous ? demanda abruptement Lief.

Tom se frotta les paumes.

— Disons, vingt et une pièces d'or pour les trois ?
suggéra-t-il.

— Disons, quinze ? ronchonna Barda.

Tom parut choqué.

— Quinze ? Pour ces bêtes magnifiques qui sont
aussi chères à mon cœur que mes propres enfants ?
Avez-vous l'intention de voler le pauvre Tom ? De le
réduire à la mendicité ?

Si Jasmine sembla inquiète, Barda, lui, resta de
marbre.

— Quinze, répéta-t-il.

Tom leva les bras.

— Dix-huit ! Avec les selles et les brides. Eh bien...
puis-je vous faire plus honnête proposition que celle-
là ?

Barda jeta un coup d'œil à Lief et à Jasmine. Tous
deux hochèrent la tête avec vigueur.

— Très bien, acquiesça-t-il.

Et ainsi fut conclu le marché. Tom alla chercher le
harnachement promis et aida les trois compagnons à
fixer leurs bagages sur les méliméloches. Puis il mena
les bêtes hors de la cabane. Elles marchaient avec un

curieux mouvement de balancier, avançant d'abord la patte de devant, puis les deux pattes postérieures.

Tom ouvrit une barrière dans la clôture et tous sortirent du pré sous l'œil des trois chevaux gris. Lief éprouva une pointe de regret. Dans l'excitation du marchandage, il les avait oubliés. Comme ç'aurait été formidable de s'éloigner sur leur dos plutôt que sur ces créatures étranges à la démarche bancale !

« Peu importe, se dit-il en caressant le dos barbouillé de Noodle. À la longue, nous nous habituerons à ces bêtes. À la fin de notre périple, je suis certain que nous les aimerons beaucoup. »

Plus tard, il devait se rappeler cette pensée avec une certaine amertume.

Ils arrivèrent devant l'échoppe. Tom tint les rênes tandis que les trois amis montaient en selle. Après quelques discussions, Jasmine prit Zanzee, Lief, Noodle et Barda, Pip, bien que le choix fût mince – les méliméloches se ressemblaient comme deux gouttes d'eau.

Les selles étaient placées à la base de leur cou, à l'endroit où leur corps était le plus étroit. Les bagages étaient attachés derrière, en travers de leur large croupe. C'était un agencement tout à fait confortable... Lief, néanmoins, se sentait un tantinet anxieux. Le sol semblait très loin et les rênes lui encombraient les mains. Il se demanda soudain si l'acquisition des méliméloches était une bonne idée, en fin de compte.

Il s'efforça de ne rien montrer de ses doutes et de faire contre mauvaise fortune bon cœur.

Les bêtes poussaient des reniflements joyeux. À l'évidence, ravies d'être dehors, elles étaient impatientes de se dégourdir les pattes.

— Tenez bien les rênes, conseilla Tom. Les animaux risquent d'être un peu vifs, au début. Criez « Brix » pour les faire avancer et « Snuff » pour les faire s'arrêter. Criez fort, leur ouïe n'est pas très bonne. Entravez-les avec soin quand vous ferez halte afin qu'ils ne s'échappent pas. Voilà. Ce n'est pas plus sorcier que ça.

Lief, Barda et Jasmine hochèrent le menton.

— Une dernière chose, murmura Tom en contemplant ses ongles. Je ne vous ai pas demandé où vous alliez, car je ne veux pas le savoir. Savoir ci ou ça est dangereux par les temps qui courent. Cependant, je vais vous donner un conseil. Un excellent conseil, que je vous invite à suivre. À environ une demi-heure d'ici, vous parviendrez à une bifurcation. Prenez impérativement la fourche de gauche, quelle que soit votre impression. À présent, bon voyage !

Sur ce, il assena une tape sur la croupe de Noodle.

— Brix ! brailla-t-il.

Et, dans une embardée chancelante, Noodle s'élança, Pip et Zanzee à sa suite. Kree croassa, battant des ailes au-dessus d'eux.

— N'oubliez pas ! cria encore Tom dans leur dos. Tenez bien les rênes ! Et ne manquez pas de prendre le sentier de gauche !

Lief aurait aimé lui adresser un signe pour lui montrer qu'il avait entendu, mais il n'osa pas lever la main. Noodle prenait de la vitesse, ses oreilles tombantes couchées en arrière par la brise, ses jambes puissantes bondissant en avant.

Lief n'était jamais allé au bord de la mer. Avant sa naissance, en effet, le Seigneur des Ténèbres avait déclaré la côte zone interdite pour les citoyens de Del. Cependant, rester sur le dos d'un méliméloche plein de fougue devait être la même chose, lui semblait-il, que barrer un bateau sur une mer démontée. La tâche nécessitait toute son attention.

✳

Au bout d'une dizaine de minutes, l'excitation des méliméloches retomba. Ils ralentirent et adoptèrent une allure régulière et maladroite. Noodle, désormais, évoquait à Lief davantage un cheval à bascule qu'il avait eu enfant plutôt qu'une embarcation roulant et tanguant sur des flots déchaînés.

« Ce n'est pas compliqué, finalement, songea-t-il. Je dirais même que c'est facile comme bonjour ! » Empli de fierté et de satisfaction, il se demanda ce qu'en penseraient ses amis de Del s'ils pouvaient le voir en ce moment.

La route, large, permettait aux trois compagnons de chevaucher de front. Bercé par le balancement, Filli ne tarda pas à s'endormir dans la veste de Jasmine. Certain à présent que les choses allaient à merveille, Kree volait en éclaireur, plongeant çà et là pour gober un insecte. Jasmine cheminait en silence, les yeux pensifs. Barda et Lief bavardaient.

— Nous traçons sacrément ! s'exclama Barda, ravi. En vérité, ces méliméloches sont d'excellents coursiers. Je suis surpris que nous n'en ayons pas entendu parler. Je n'en ai jamais aperçu un seul à Del.

— Tom a affirmé qu'il était difficile de s'en procurer, répondit Lief. Les gens de cette région doivent sans doute les garder pour eux. Et Del recevait très peu de nouvelles en provenance de la campagne bien longtemps avant la venue du Seigneur des Ténèbres.

Jasmine lui lança un coup d'œil et parut sur le point d'intervenir. Puis elle serra les lèvres et ne souffla mot. Elle fronçait les sourcils.

Ils poursuivirent leur route en silence encore un moment. Jasmine prit enfin la parole.

— Cet endroit où nous allons... la Cité des Rats. Nous n'en connaissons rien, n'est-ce pas ?

— Seulement qu'elle est fortifiée, a été désertée par ses habitants et se dresse, solitaire, dans un méandre d'une rivière qui s'appelle la Large, répliqua Barda.

Des voyageurs l'ont vue de loin. Je n'ai jamais entendu dire que quelqu'un ait pénétré dans ses murs.

— Peut-être que personne n'a survécu à l'aventure pour la raconter, fit observer Jasmine d'un ton dur. Y avez-vous songé ?

6

Pâdra

Barda haussa les épaules.

— La Cité des Rats a la réputation d'être un endroit où règne le mal et on a aperçu un Ak-Baba dans le ciel au-dessus d'elle le matin où le Seigneur des Ténèbres a envahi Deltora. Nous pouvons parier presque à coup sûr que l'une des pierres précieuses de la Ceinture y a été cachée.

— Ainsi, continua Jasmine de ce même ton dur, nous devons nous rendre dans ce lieu, mais nous ne savons pas grand-chose de ce que nous y trouverons. Nous ne pouvons donc nous préparer ni dresser de plan.

— Pas plus que nous n'avons pu le faire pour le Lac des Pleurs ou les Forêts du Silence, souligna Lief. Et cependant, nous avons réussi chaque fois. Comme nous réussirons aujourd'hui.

Jasmine eut un mouvement brusque de la tête.

— Quel courage ! rétorqua-t-elle. Peut-être as-tu oublié que, dans les Forêts, tu m'avais pour vous aider. Et, au Lac des Pleurs, Manus nous a servi de guide. Là, c'est différent. Nous sommes seuls et n'avons ni assistance ni conseils.

Son franc-parler irrita Lief et Barda. Sur le fond, Jasmine avait peut-être raison, mais à quoi bon leur saper le moral ?

Lief se détourna et fixa la route devant lui. Ils chevauchèrent sans échanger la moindre parole.

Peu après, ils arrivèrent à la bifurcation que Tom leur avait signalée. Un poteau indicateur se dressait au centre de la fourche. Une de ses flèches pointait vers l'ouest, l'autre vers l'est.

— Rivière Large ! s'exclama Lief. C'est la rivière au bord de laquelle est bâtie la Cité des Rats ! Ça alors, quel coup de chance !

Avec excitation, il tourna la tête de Noodle vers la droite.

— Lief, qu'est-ce que tu fabriques ? protesta Jasmine. Nous devons prendre le sentier de gauche. Souviens-toi de l'avertissement de Tom.

— Ne comprends-tu donc pas, Jasmine ? Tom n'aurait pas imaginé une seconde que nous irions de notre plein gré à la Cité des Rats ! cria Lief par-dessus l'épaule tandis qu'il éperonnait Noodle. C'est pourquoi il nous a mis en garde contre ce sentier. Or, il se trouve que c'est précisément celui que nous voulons ! Venez !

Barda et Pip suivaient déjà Lief. Toujours hésitante, Jasmine laissa Zanzee leur emboîter le pas.

La piste, aussi large que celle qu'ils venaient de quitter, avait un revêtement en bon état, même si elle portait des traces de roues de charrettes. À mesure qu'ils avançaient, le paysage alentour devenait de plus en plus luxuriant et vert. Il n'y avait là nulle étendue aride ni arbre mort. Fruits et baies poussaient à profusion, et des abeilles butinaient autour des fleurs en bourdonnant, alourdies par le pollen.

Loin sur la droite, moutonnaient des collines pourpres. Sur la gauche, s'étendait une forêt émeraude. Devant, la route sinuait tel un ruban pâle. L'air était frais et suave.

Les méliméloches poussèrent des reniflements enthousiastes et prirent le trot.

Lief éclata de rire.

— Ça leur plaît ! s'exclama-t-il en flattant l'encolure de Noodle.

— Et à moi aussi, répliqua Barda. Quel plaisir de

traverser enfin des terres fertiles ! Au moins ce pays n'a pas été dévasté.

Ils dépassèrent un bosquet à vive allure. À quelque distance, un embranchement partait de la piste principale en direction des collines pourpres. Lief se demanda vaguement où il menait.

Soudain, Noodle émit un drôle d'aboiement excité et allongea le cou, tentant de s'affranchir de la pression des rênes. Pip et Zanzee aboyaient, eux aussi. Les trois méliméloches s'élancèrent, franchissant d'énormes distances à chaque bond. Lief sautait comme un bouchon sur sa selle. Ne pas être désarçonné exigeait toutes ses forces.

— Qu'est-ce qui leur prend ? brailla-t-il, le visage giflé par le vent.

— Je n'en sais rien ! répondit Barda, haletant.

Il s'efforçait de ralentir Pip – ce qui laissait le méliméloche parfaitement froid.

— Snuff ! beugla le colosse.

Mais Pip n'en galopa que plus vite, l'encolure tendue, la bouche grande ouverte.

Jasmine hurla quand Zanzee projeta sa tête en avant, lui arrachant violemment les rênes des mains. La jeune fille bascula et, pendant un instant de terreur, Lief crut qu'elle allait tomber. Jasmine, cependant, réussit à lancer les bras autour du cou de sa monture et à se remettre en selle. Elle s'y agrippa farouchement, tête baissée pour se protéger du vent, tandis que Zanzee poursuivait sa cavalcade effrénée, faisant voler les pierres sous ses pieds.

Les trois compagnons étaient désemparés. Les méliméloches étaient forts – bien trop forts pour eux. Ils foncèrent vers l'embranchement dans un fracas de tonnerre, quittèrent brutalement la route en soulevant un nuage de poussière et filèrent droit vers les collines pourpres.

Les yeux ruisselants, la voix enrouée à force de crier, Lief eut une vision floue des collines qui se précipitaient à leur rencontre. Il y avait quelque chose de noir au milieu du pourpre. Il cilla, loucha, essaya de distinguer ce que c'était. Cela se rapprochait, se rapprochait...

Alors, sans crier gare, Noodle pila net. Lief passa comme un boulet de canon par-dessus sa tête, les oreilles pleines du hurlement qu'il poussa. Il entendit vaguement Jasmine et Barda crier, tandis qu'eux aussi étaient jetés à bas de leur monture. Puis il atterrit rudement sur le sol et perdit conscience.

✳

Les jambes et le dos lui faisaient mal, et sa tête lui élançait. Quelque chose lui tirait l'épaule. Il tenta de battre des paupières. D'abord, elles lui parurent collées, puis il réussit à les ouvrir de force. Une forme rouge sans visage était penchée sur lui. Il voulut crier. Seul un gémissement étranglé sortit de sa gorge.

La forme rouge recula.

— Celui-là est réveillé, dit une voix.

Une main se baissa, tendant une tasse remplie d'eau. Lief souleva la tête et but avec avidité. Petit à petit, il réalisa que Jasmine, Barda et lui gisaient sur le sol d'une vaste salle. De nombreuses torches, fichées dans les murs de pierre, éclairaient la pièce et jetaient des ombres dansantes. Toutefois, elles étaient impuissantes à réchauffer l'air glacé. Une immense cheminée se dressait dans un angle. De grosses bûches y étaient empilées, mais elles n'étaient pas allumées.

Une forte odeur de savon se mêlait à la senteur des torches. Peut-être avait-on récuré le carrelage récemment, car Lief sentait l'humidité des pierres sous lui et n'apercevait le moindre grain de poussière nulle part.

La salle fourmillait de gens. La tête rasée, ils portaient d'étranges costumes noirs très près du corps et des cuissardes. Fascinés et craintifs, ils fixaient avec intensité les trois compagnons.

La personne qui avait donné de l'eau à Lief s'écarta. La silhouette rouge imposante qui avait tant effrayé le garçon quand il avait repris connaissance revint dans son champ visuel. Il se rendit compte alors qu'il s'agissait d'un homme vêtu de rouge de pied en cap. Des gants dissimulaient ses mains, et sa tête était enveloppée d'une étoffe moulante qui lui couvrait la bouche et le nez, avec une unique fente pour les yeux. Un long fouet en cuir tressé pendait à son poignet. Il traînait derrière lui, chuintant sur le sol à chacun de ses pas.

L'homme vit que Lief avait repris conscience et l'observait.

— Padralâ, souffla-t-il en passant les paumes le long de son corps, des épaules jusqu'aux hanches.

À l'évidence, ce devait être une sorte de salut.

Lief tenait à faire savoir à ces gens étranges que ses intentions étaient amicales. Il s'assit tant bien que mal et s'efforça d'accompagner ses mots par des gestes.

Les gens vêtus de noir chuchotèrent puis, à leur tour, ils passèrent les mains de leurs épaules à leurs hanches en murmurant « Padralâ, padralâ, padralâ... » au point que la vaste salle résonna bientôt telle une chambre d'écho.

Lief les regarda, les yeux écarquillés, pris de vertige.

— Quel... Quel est cet endroit ?

— Vous êtes ici à Pâdra, annonça la silhouette vêtue de rouge, la voix étouffée par sa cagoule. Les visiteurs n'y sont pas les bienvenus. Pourquoi êtes-vous venus ?

— Nous... Nous n'y sommes pour rien, répliqua Lief. Nos montures se sont emballées et nous ont entraînés hors de notre route. Nous avons vidé les étriers...

Une douleur lancinante le poignarda derrière les yeux et il gémit.

Jasmine et Barda s'agitèrent. On leur donna de l'eau à leur tour. La silhouette rouge se tourna vers eux et les salua de la même façon qu'elle avait salué Lief.

— Vous gisiez devant nos portes, vos affaires éparpillées autour de vous, poursuivit l'homme, la voix glacée de suspicion. Il n'y avait nulle monture en vue dans les parages !

— Eh bien, elles ont dû s'enfuir ! s'exclama Jasmine avec impatience. C'est sûr, nous ne nous sommes pas jetés exprès à terre avec une telle violence pour perdre conscience !

L'homme en rouge se redressa de toute sa hauteur et leva d'un air menaçant le fouet enroulé.

— Surveillez votre langage, fille impure ! siffla-t-il. Parlez avec respect ! Savez-vous que je suis Reece, Premier At-Traprâ des Neuf ?

— Nous sommes profondément navrés, monseigneur At-Traprâ, dit Barda d'une voix forte pour couvrir les paroles de Jasmine. Nous sommes des étrangers qui ignorons vos usages.

— Les Neuf At-Traprâs veillent à ce que le peuple observe scrupuleusement les sacro-saintes lois de la propreté, de la vigilance et du devoir, psalmodia Reece. C'est pourquoi la cité est sauve. Padralâ.

— Padralâ, murmurèrent les gens, inclinant leurs têtes rasées et époussetant leurs corps des épaules aux hanches.

Barda et Lief se regardèrent. Plus vite ils quitteraient ce drôle d'endroit, mieux ils se porteraient.

7

D'étranges coutumes

J asmine se remit debout à grand-peine, examinant la vaste salle d'un air irrité. Les gens vêtus de noir murmurèrent, s'éloignant d'elle comme si ses vêtements en loques et ses cheveux emmêlés risquaient de les contaminer.

— Où est Kree ?

Reece tourna le visage vers elle.

— Vous êtes quatre ? s'enquit-il d'un ton cassant.

— Kree est un oiseau, se hâta d'expliquer Lief, tandis que Barda et lui se levaient à leur tour. Un oiseau noir.

— Kree t'attend sans doute dehors, Jasmine, marmonna Barda à voix basse. Tais-toi, à présent. Filli est sain et sauf, n'est-ce pas ?

— Oui. Mais il se cache sous ma veste et ne se

montrera pas, siffla la jeune fille, maussade. Il n'aime pas cet endroit, et moi non plus.

Barda pivota vers Reece et esquissa une révérence.

— Nous vous sommes infiniment reconnaissants d'avoir pris soin de nous, déclara-t-il. Mais avec votre aimable permission, nous allons reprendre notre route.

— C'est le moment où nous dînons et un plateau a été préparé à votre intention, rétorqua Reece, les balayant de ses yeux noirs, comme pour les mettre au défi d'élever une objection. La nourriture a déjà été bénie par les Neuf. Une fois bénie, elle doit être consommée dans l'heure qui suit. Padralâ.

— Padralâ, répétèrent les gens avec déférence.

Avant que Barda eût pu ajouter un mot, des gongs résonnèrent. À un bout de la salle, deux immenses portes s'ouvrirent sur une salle à manger. Huit imposantes silhouettes, habillées de rouge comme Reece, se dressaient sur le seuil, quatre de part et d'autre. « Les huit autres At-Traprâs », pensa Lief.

De longs fouets de cuir pendaient à leurs poignets. La mine sévère, ils toisaient les gens vêtus de noir qui passaient devant eux en traînant les pieds.

Lief avait mal à la tête. Il ne s'était jamais moins senti d'appétit de sa vie. Il souhaitait plus que tout quitter cet endroit ; mais il était clair qu'on ne les laisserait pas partir tant qu'ils n'auraient pas mangé.

À contrecœur, les trois compagnons pénétrèrent dans la salle à manger. Aussi propre et récurée que la pièce voisine, elle était si brillamment éclairée qu'on en voyait chaque recoin. D'interminables rangées de tables la garnissaient, pourvues de pieds métalliques hauts et minces. Une tasse et une assiette étaient disposées à chaque place. Il n'y avait ni couverts ni chaises. Les habitants de Pâdra, semblait-il, prenaient leurs repas debout et mangeaient avec les doigts.

À l'extrémité de la pièce, une volée de marches menait à une estrade où se dressait une seule table. Lief devina que c'était là que déjeunaient et dînaient les At-Traprâs, leur position surélevée leur permettant d'observer à loisir ce qui se passait au-dessous.

Reece indiqua leur table aux trois compagnons, légèrement en retrait des autres, puis alla rejoindre ses collègues, qui, debout autour de la table de l'estrade, faisaient face à la foule.

Après s'être mis au centre, Reece leva ses mains gantées et embrassa la salle du regard.

— Padralâ ! s'écria-t-il.

Il passa les paumes de ses épaules aux hanches.

— Padralâ ! répétèrent les gens.

D'un mouvement fluide, les At-Traprâs enlevèrent l'étoffe qui leur couvrait le visage. Aussitôt, des gongs retentirent de nouveau et une nuée de gens vêtus de noir entrèrent, portant d'immenses plateaux protégés par des couvercles.

— Je n'ai jamais vu façon plus inconfortable de manger ! chuchota Jasmine.

Elle était la personne la plus petite de l'assemblée et le rebord de la table lui arrivait à peine au menton.

Une servante se dirigea vers eux et déposa son fardeau, les mains tremblantes, ses yeux bleu ciel effrayés. À l'évidence, servir les étrangers était pour elle une épreuve redoutable.

— N'y a-t-il pas d'enfants, à Pâdra ? lui demanda Lief. Les tables sont si hautes !

— Les enfants mangent dans la salle des apprentis, répondit la fille à voix basse. Ils doivent apprendre les sacro-saintes manières avant de pouvoir venir dans la salle à manger.

Elle ôta le couvercle du plateau. Lief, Barda et Jasmine étouffèrent une exclamation. Il y avait trois compartiments. Le plus grand contenait un assortiment de saucisses minuscules et de viandes diverses, enfilées sur des baguettes de bois avec des légumes de toutes les formes et couleurs. Le deuxième offrait de savoureuses pâtisseries dorées et de petits pains blancs moelleux. Le troisième – le moins large – regorgeait de fruits en conserve, de gâteaux nappés d'un glaçage rose et ornés de fleurs de sucre ainsi que de curieux bonbons bruns et ronds.

Barda en prit un et le scruta, visiblement ébahi.

— Serait-ce du... du chocolat ? s'exclama-t-il. (Il fourra la friandise dans sa bouche et ferma les yeux.)

C'en est bel et bien, murmura-t-il d'un air béat. Incroyable ! Je n'ai pas mangé de chocolat depuis l'époque où j'étais garde au palais ! Cela remonte à plus de seize ans !

Lief n'avait jamais vu de victuailles aussi somptueuses. Soudain, malgré les circonstances, il se sentit une faim de loup. Il choisit une brochette et se mit à dévorer viandes et légumes. Quel délice ! De sa vie il n'avait goûté pareil régal !

— Que c'est bon ! souffla-t-il à la servante, la bouche pleine.

Elle le dévisagea, à la fois ravie et un peu gênée. Manifestement, elle était habituée à la nourriture de Pâdra et n'en connaissait pas d'autre.

Nerveuse, elle tendit la main pour débarrasser le couvercle. Quand elle le souleva au-dessus du plateau, ses doigts tremblèrent et le bord heurta un petit pain. Celui-ci roula sur la table et, avant que la servante ou Lief n'aient pu le rattraper, il tomba sur le sol.

La fille lâcha un cri perçant de terreur. Au même instant, un hurlement de rage retentit à la table de l'estrade. Tous dans la pièce se figèrent.

— Il y a de la nourriture par terre ! rugirent les neuf At-Traprâs comme un seul homme. Ramassez-la ! Et emparez-vous de la délinquante ! Capturez Tira !

Plusieurs personnes à la table la plus proche de celle des invités se retournèrent L'une d'elles fondit sur le nain et le ramassa, le brandissant haut dans les airs. Les autres saisirent la servante. Elle cria encore tandis qu'ils la traînaient en direction de l'estrade.

Reece marcha vers l'escalier en déroulant son fouet.

— Tira a laissé tomber de la nourriture sur le sol, psalmodia-t-il. Toute nourriture tombée sur le sol est le mal. Padralâ. Le mal doit être chassé par cent coups de fouet. Padralâ.

— Padralâ ! répétèrent les gens vêtus de noir.

Ils observèrent Tira qui, sanglotant d'épouvante, était jetée aux pieds de Reece. Celui-ci leva son fouet...

— Non ! (Lief bondit de sa place.) Ne la punissez pas ! C'est moi le coupable !

Reece baissa le bras.

— Vous ? tonna-t-il.

— Oui ! brailla Lief. J'ai fait tomber de la nourriture. Je suis désolé.

Lief savait que c'était bien téméraire de sa part de prendre la faute sur lui. Toutefois, quelles que fussent les étranges coutumes de ces gens, il ne supportait pas que la servante fût punie pour un banal accident.

Les autres At-Traprâs marmonnaient entre eux. Le plus proche de Reece s'avança vers celui-ci et lui dit quelque chose. Il y eut un moment de silence, uniquement rompu par les sanglots de Tira. Puis Reece refit face à Lief.

— Vous êtes un étranger, et un impur, déclara-t-il. Vous ignorez nos usages. Les Neuf ont décidé de vous épargner le châtiment.

Sa voix était sévère. Visiblement, il n'approuvait pas la décision, mais il était en minorité.

Soupirant de soulagement, Lief regagna sa table. Tira se remit debout tant bien que mal et s'élança hors de la pièce en chancelant.

Barda et Jasmine accueillirent Lief avec des mines réprobatrices.

— Tu l'as échappé belle ! grommela Barda.

— Le risque en valait la peine, rétorqua Lief d'un ton léger, bien que son cœur battît encore la chamade – il avait frôlé la catastrophe d'un cheveu. Il y avait de fortes chances qu'ils ne puniraient pas un étranger... du moins, la première fois.

Jasmine leva les yeux au ciel. Elle avait ôté les légumes d'une brochette et les tendait vers son épaule, tentant d'attirer Filli hors de sa cachette pour le faire manger.

— Partons d'ici au plus vite, dit-elle. Ces gens sont très bizarres. Qui sait quelles autres lois étranges ils... Ah, Filli, te voilà !

Appâtée par l'odeur des friandises, la petite créature s'était enfin aventurée à pointer le museau hors du col de la veste de Jasmine. Avec prudence, elle se hissa jusqu'à son épaule, prit un morceau de légume doré dans ses pattes minuscules et entreprit de le grignoter.

Un son étranglé parvint soudain de la table de l'estrade. Lief leva la tête et tressaillit en voyant les At-Traprâs désigner Jasmine du doigt, leurs visages transformés en masques d'horreur.

Les gens vêtus de noir se retournèrent pour regarder. Sous le choc, ils restèrent un moment silencieux. Puis, d'un coup, poussant des glapissements de terreur, ils se ruèrent vers les portes.

— Le mal ! (La voix de Reece tonna de l'estrade.) Les impurs ont apporté le mal dans nos murs. Ils cherchent à nous détruire ! Voyez ! La créature rampe, là, sur son corps ! Tuez-la ! Tuez-la !

D'un même élan, les neuf At-Traprâs quittèrent l'estrade et fondirent sur Jasmine, faisant généreusement usage de leurs fouets pour se frayer un chemin à travers la foule prise de panique.

— C'est Filli ! protesta Barda, haletant. Ils ont peur de Filli !

— Tuez la créature ! braillaient les At-Traprâs.

Ils étaient désormais tout proches. Barda, Lief et Jasmine, au désespoir, regardèrent autour d'eux. Ils ne pouvaient aller nulle part. Les gens se bousculaient à chaque porte, essayant de se forcer un passage.

— Sauve-toi, Filli ! cria Jasmine sous l'effet de la peur. Sauve-toi ! Cours te cacher !

Elle le lança sur le sol. Aussitôt, il détala à toutes

pattes. Les gens hurlèrent à sa vue, chancelant en arrière, tombant et se piétinant dans leur terreur. Filli se faufila dans une brèche parmi la cohue et disparut.

Mais Lief, Barda et Jasmine étaient pris au piège. Et les At-Traprâs étaient sur eux.

8

Le procès

Les grosses bûches flambaient à présent dans la cheminée de la grande salle et les flammes jetaient une atroce lueur rouge sur le visage des prisonniers.

Ils se tenaient là, debout, depuis des heures, pendant qu'on entreprenait de vaines recherches pour retrouver Filli. Les At-Traprâs les surveillaient, lugubres, leurs yeux de plus en plus sombres et sévères à mesure que les minutes s'égrenaient.

Épuisés et silencieux, les trois compagnons attendaient de connaître le sort qui leur était réservé. Ils savaient désormais qu'il ne servait à rien de discuter, de s'énerver ou d'implorer. En introduisant un animal à fourrure dans l'enceinte de Pâdra, ils avaient commis le plus abominable des crimes.

Enfin, Reece prit la parole.

— Nous ne pouvons patienter davantage. Le procès doit commencer.

Un gong retentit, et des gens vêtus de noir se mirent à affluer dans la salle. Ils se placèrent en rangs, face aux prisonniers. Lief vit que Tira, la servante qu'il avait sauvée de la punition, était aux premières loges, très près de lui. Il tenta de croiser son regard, mais elle baissa vivement les yeux au sol.

Reece força la voix afin de se faire entendre de tous.

— Par la faute de ces impurs, le mal se répand à Pâdra. Ils ont violé nos lois les plus sacrées. Ils prétendent avoir agi par ignorance. À mon avis, ils mentent et méritent la mort. Certains, parmi les Neuf, les croient et pensent qu'il faut les condamner à l'emprisonnement... Par conséquent, il appartient à la Coupe sacrée de trancher.

Barda, Lief et Jasmine se regardèrent à la dérobée. Quelle nouvelle folie était-ce là ?

Reece prit sur le manteau de la cheminée une coupe d'argent brillant – peut-être utilisée jadis pour boire du vin.

— La Coupe révèle la vérité, psalmodia-t-il. Padralâ.

— Padralâ, murmura l'assistance.

Reece montra ensuite deux petites cartes. Un mot figurait sur chacune.

Il se tourna vers les prisonniers.

— L'un de vous va tirer une carte de la Coupe, dit-il, ses yeux noirs étincelants. Qui sera cette personne ?

Les compagnons hésitèrent. Lief, enfin, s'avança d'un pas.

— Moi, rétorqua-t-il à contrecœur.

Reece hocha le menton.

— Mettez-vous face au premier rang, indiqua-t-il brièvement.

Lief obéit. Reece s'éloigna de lui et de ses collègues, puis posa sa main gantée sur la Coupe.

Lief nota que Tira observait Reece avec une extrême attention. Soudain, les yeux bleus de la jeune fille s'écarquillèrent d'étonnement et d'horreur. Elle regarda Lief et ses lèvres remuèrent sans bruit.

Le visage de Lief se mit à lui brûler quand il comprit les mots qu'elle formait.

Les deux cartes signifient la mort.

Tira avait dû voir Reece remplacer la carte « Vie » par une seconde carte « Mort » cachée dans sa manche ou dans son gant. L'At-Traprâ voulait coûte que coûte que les prisonniers soient condamnés.

L'imposante silhouette rouge se retourna vers Lief, brandissant la Coupe.

— Choisissez ! ordonna-t-il.

Lief ne savait que faire. S'il clamait haut et fort que la Coupe contenait deux cartes « Mort », qui le croirait ? Chacun penserait qu'il avait peur d'affronter la sentence. Que vaudrait sa parole, ou celle de Tira, contre celle du Premier At-Traprâ de Pâdra ? Par ailleurs, Reece n'aurait aucune difficulté à échanger de nouveau les cartes en cas de contestation.

Lief glissa les doigts sous sa chemise et étreignit la topaze fixée à la Ceinture. Elle l'avait aidé à trouver des réponses auparavant. Pourrait-elle le faire cette fois encore ? Le feu rugissait derrière lui, illuminant la silhouette de Reece d'une lueur sinistre. La Coupe d'argent rutilait, telle une flamme solide.

Flamme. Feu...

Le cœur battant, Lief étendit la main, plongea les doigts dans la Coupe et choisit une carte. Puis, avec la rapidité de l'éclair, il tournoya, parut chanceler en arrière et laissa tomber la carte dans le brasier ronflant. Elle s'enflamma et se consuma.

— Pardonnez-moi ma maladresse ! s'écria Lief par-dessus les halètements horrifiés de la foule. Mais il vous est facile de voir quelle carte j'ai tirée. Il suffit de vérifier laquelle reste dans la Coupe.

Bouillant de fureur, Reece demeura pourtant parfaitement immobile quand l'un des huit autres At-Traprâs ôta la Coupe de sa main et y prit la seconde carte. La femme la tint en l'air.

— La carte qui reste est « Mort », psalmodia-t-elle. Le prisonnier a donc tiré la carte « Vie ». La Coupe a parlé.

Lief sentit Barda lui agripper l'épaule. Les genoux en coton, il se tourna vers ses amis. Leurs yeux exprimaient leur soulagement, mais étaient pleins de questions. Ils devinaient que Lief avait brûlé la carte intentionnellement et se demandaient pourquoi.

— Emmenez-les aux cachots ! tonna Reece. Ils s'y morfondront jusqu'à la fin de leurs jours, se repentant du mal qu'ils ont fait.

Ses collègues entourèrent aussitôt les trois compagnons et les entraînèrent hors de la salle. La foule murmurante s'écarta pour leur laisser le passage. Lief se dévissa le cou, cherchant à repérer Tira au milieu des silhouettes vêtues de noir. En vain.

Tandis qu'ils sortaient, ils entendirent Reece haranguer l'assistance.

— Continuez à traquer la créature qui a souillé notre cité, ordonna-t-il. Il faut la retrouver et la tuer avant la tombée de la nuit.

Lief coula un regard vers Jasmine. La jeune fille ne souffla mot, mais son visage était pâle et tiré. Il savait qu'elle pensait à Filli – pourchassé et effrayé.

Les At-Traprâs poussèrent les prisonniers dans un labyrinthe de corridors brillamment éclairés et leur firent descendre un escalier en colimaçon. L'odeur du savon était omniprésente et les pierres sous leurs pieds étaient usées à force d'avoir été frottées.

Au bas de la volée de marches s'étendait un large espace que bordaient des portes métalliques percées d'une trappe étroite à travers laquelle on pouvait passer un plateau. L'At-Traprâ qui marchait en tête en ouvrit une, et ses collègues tirèrent Lief, Barda et Jasmine vers elle.

Jasmine examina la cellule sinistre et sans fenêtre, et se débattit avec vigueur. Lief et Barda, eux aussi, luttèrent farouchement pour se libérer. Hélas... toute résistance était inutile. Ils n'avaient pas d'armes, aucune protection contre les fouets qui sifflaient autour de leur visage, qui leur cinglaient les jambes et les bras. Ils furent repoussés dans la cellule. Puis la porte claqua et on tira un lourd verrou.

Ils se jetèrent contre le battant, le martelant de leurs poings. Mais le bruit des pas des At-Traprâs s'estompait déjà dans le lointain.

Pris de frénésie, ils passèrent la pièce au peigne fin, à la recherche d'une issue. Ils déchantèrent bientôt. Les couchettes de bois, scellées dans le mur, ne

77

pouvaient être déplacées. L'abreuvoir vide, fixé à la paroi d'en face, était solide comme le roc.

— Ils vont revenir, dit Barda, lugubre. Nous avons été condamnés à vie, pas à mort. Ils devront nous nourrir et remplir l'abreuvoir. Ils ne peuvent quand même pas nous laisser mourir de faim et de soif !

Mais des heures angoissantes s'écoulèrent et personne ne vint.

✳

Tous trois avaient sombré dans un sommeil agité lorsqu'il y eut un grattement à la porte. Quand Lief se réveilla, il crut avoir imaginé le son ténu. Le grattement, cependant, se répéta. Lief sauta à bas de sa couchette et courut à la porte, suivi de Jasmine et de Barda. La trappe était ouverte. À travers, ils virent les yeux bleus de Tira.

— Le Premier At-Traprâ a donné des ordres pour que ce soit lui, et lui seul, qui vous apporte de la nourriture et de l'eau, chuchota-t-elle. Mais... j'ai craint qu'il n'ait pu... oublier. Avez-vous mangé ? A-t-on rempli l'abreuvoir ?

— Non ! murmura Lief. Et tu sais fort bien que ce n'est pas un oubli de sa part, Tira. Voilà pourquoi tu es venue. Reece a l'intention de nous faire mourir dans ce trou.

— Impossible ! s'exclama Tira d'une voix chargée d'angoisse, la Coupe vous a accordé la Vie.

— Reece se fiche pas mal de la Coupe ! siffla Barda. Seule sa volonté lui importe. Tira, ôte le verrou ! Fais-nous sortir d'ici !

— Je ne peux pas ! Je n'ose pas ! Vous avez apporté le mal dans nos murs et il n'a toujours pas été retrouvé. Tout le monde dort, à présent, sauf les cuisiniers de nuit. C'est pour cette raison que j'ai pu m'esquiver. Mais les gens ont peur, et beaucoup crient dans leur sommeil. Les recherches reprendront demain matin.

À travers l'étroit guichet, la crainte assombrissait les yeux de Tira.

— Là d'où nous venons, les animaux comme Filli ne représentent pas le mal, expliqua Lief. Nous n'avions pas de mauvaises intentions en l'amenant ici. C'est l'ami de Jasmine. Si tu ne nous fais pas sortir de cette cellule, nous sommes perdus. Reece veillera à ce que nous mourions de faim et de soif, et nul n'en saura jamais rien. Sauf toi.

Pour toute réponse, Tira poussa un gémissement étouffé.

— S'il te plaît, aide-nous ! implora Lief. Tira, de grâce !

Il y eut un moment de silence. Puis les yeux disparurent et ils entendirent glisser le verrou.

La porte s'ouvrit et ils se bousculèrent pour la franchir. Le visage crayeux à la lueur des torches, Tira leur donna de l'eau, qu'ils burent avec avidité. Elle ne souffla mot quand ils la remercièrent. Lorsqu'ils remirent le verrou en place pour masquer leur évasion, elle frissonna et se couvrit la figure de ses mains. Visiblement, elle avait le sentiment de commettre un crime abominable.

Mais quand ils découvrirent leurs bagages cachés dans une fissure au pied de l'escalier en colimaçon, elle haleta de surprise.

— On nous a dit qu'on vous les avait donnés ! expliqua-t-elle. Afin que vous ayez du matériel de couchage.

— Qui a dit cela ? demanda sévèrement Barda.

— Le Premier At-Traprâ, souffla-t-elle. Il a affirmé vous les avoir apportés en personne !

— Eh bien, c'est faux, comme tu peux le constater, rétorqua Jasmine en enfilant son sac à dos.

Ils gravirent l'escalier. Le couloir dans lequel ils débouchèrent était désert, mais ils distinguaient des voix au loin.

— Il nous faut fuir la ville, murmura Barda. Quel chemin devons-nous prendre ?

Tira secoua la tête, au désespoir.

— Il n'y a pas d'issue. La porte de la colline est verrouillée et munie de barreaux. Ceux qui travaillent aux champs sont emmenés chaque matin sous bonne garde et ramenés à la tombée de la nuit. Personne ne peut quitter la cité, sous peine de mort.

— Il doit bien y avoir un autre chemin ! insista Lief.

Tira hésita, puis secoua de nouveau la tête. Mais Jasmine avait noté son hésitation.

— À quoi viens-tu de penser ? Dis-nous ce que tu as en tête, lui ordonna-t-elle.

Tira s'humecta les lèvres.

— On prétend... On prétend que le Trou conduit à l'extérieur. Cependant...

— Quel trou ? demanda Barda, impérieux. Où est-il ?

Tira frissonna.

— Près des cuisines. C'est là qu'on jette la nourriture qui n'a pas réussi l'inspection. Mais c'est un lieu... interdit.

— Mène-nous-y ! siffla Jasmine, farouche. Et tout de suite !

9

Les cuisines

Ils se faufilèrent comme des voleurs le long des galeries, se réfugiant en hâte dans des corridors déserts chaque fois qu'ils entendaient quelqu'un approcher. Ils arrivèrent enfin devant une petite porte en métal.

— Elle donne accès à la passerelle qui surplombe les cuisines, chuchota Tira. C'est de là que les At-Traprâs surveillent les cuisiniers.

Elle entrebâilla la porte. Une odeur d'aliments en train de cuire et un cliquetis assourdi leur parvinrent.

— Soyez très discrets, souffla Tira. Marchez sur la pointe des pieds. Ainsi, on ne nous remarquera pas. Les cuisiniers de l'équipe de nuit travaillent comme des fous. Ils ont fort à faire d'ici l'aube.

Elle se glissa par la porte et les trois compagnons lui emboîtèrent le pas. Le spectacle qui s'offrit à leurs yeux les laissa interdits.

Ils se tenaient sur une étroite passerelle de métal. Loin en contrebas s'étendaient les cuisines de Pâdra, bruissantes et scintillantes. Elles étaient gigantesques – de la taille d'un petit village – et fourmillaient de gens habillés de la même tenue que Tira, sauf qu'elle était d'un blanc éblouissant.

Certains épluchaient des légumes ou pelaient des fruits. D'autres battaient, fouettaient, touillaient des marmites qui bouillonnaient sur d'énormes fourneaux. Des milliers de gâteaux refroidissaient sur des plaques, attendant d'être glacés et décorés. Des centaines de pâtés et de tourtes étaient sortis des immenses fours. Une équipe mettait des aliments dans des boîtes, des bocaux ou des jarres de grès.

— Mais... cela ne se passe pas chaque jour et chaque nuit ainsi, n'est-ce pas ? haleta Lief, ébahi. Combien de nourriture peuvent donc ingurgiter les gens de Pâdra ?

— Seule une petite quantité est consommée, chuchota Tira. La plupart des mets ne réussissent pas l'inspection et sont jetés. (Elle soupira.) Les cuisiniers sont formés dès leur plus jeune âge, mais je n'aimerais pas être l'un d'eux. Cela les rend tristes de déployer autant d'efforts et d'échouer si souvent.

Ils progressèrent à pas de loup le long de la passerelle, observant, fascinés, l'activité formidable. Au bout de cinq minutes, Tira s'arrêta et s'accroupit.

— At-Traprâs ! souffla-t-elle.

Et, de fait, deux silhouettes vêtues de rouge entrèrent à grands pas dans les cuisines.

— Une inspection, ajouta Tira.

Les At-Traprâs se dirigèrent vers un endroit où se tenaient quatre cuisiniers, les mains derrière le dos. Des centaines de bocaux de fruits sucrés, étincelant comme des joyaux, s'alignaient sur un comptoir.

Les At-Traprâs ralentirent l'allure, scrutant chaque bocal. Quand ils eurent atteint le bout de la rangée, ils firent demi-tour et la remontèrent. Cette fois, ils désignèrent certains bocaux, que les cuisiniers ôtèrent pour les mettre à part.

À la fin de l'inspection, six bocaux avaient été séparés des autres.

— Ce sont ceux qui seront bénis et mangés par les gens, déclara Tira. Le reste a été écarté comme impropre à la consommation.

Elle adressa aux cuisiniers un regard de sympathie. Les épaules basses, ils empilaient déjà les bocaux refusés dans une énorme poubelle métallique.

Lief, Barda et Jasmine les observaient, horrifiés. Tous les fruits leur semblaient délicieux et sains.

— C'est scandaleux ! marmonna Lief, furieux, tandis que les At-Traprâs filaient vers une autre partie des cuisines. À Del, les gens meurent de faim et fouillent les détritus. Et ici, on gaspille de la bonne nourriture !

Tira secoua la tête.

— Ce n'est pas de la bonne nourriture, affirmat-elle. Les At-Traprâs savent reconnaître de la nourriture impure. Par leurs inspections, ils protègent les gens des épidémies et des maladies. Padralâ.

Lief aurait aimé en discuter. Jasmine, quant à elle, était rouge de colère. Mais Barda, d'un regard, leur intima de tenir leur langue. Lief se mordit la lèvre. Le colosse avait raison. Ils avaient besoin de l'aide de Tira. Il ne servait à rien de lui faire de la peine. Comment pourrait-elle comprendre ce qui se passait dans le reste de Deltora ? Elle ne connaissait que Pâdra et les lois qu'on lui avait inculquées depuis toujours.

En silence, ils continuèrent leur route et parvinrent enfin à l'extrémité des cuisines. Un escalier de métal aux degrés raides permettait d'accéder au sol et aboutissait à une porte.

— Cette porte conduit au Trou, dit Tira à voix basse. Mais...

Elle s'interrompit et s'accroupit de nouveau, indiquant par gestes à ses compagnons de faire de même. Ils aperçurent les quatre cuisiniers inspectés qui portaient la poubelle des bocaux refusés, à présent hermétiquement scellée par un couvercle. Ils franchirent la porte et disparurent à leur vue.

— Ils vont jeter la poubelle dans le Trou, chuchota Tira.

Peu après, les cuisiniers revinrent et regagnèrent leur poste de travail, prêts à se remettre à la tâche et à préparer encore et encore de la nourriture. Tira, Lief, Jasmine et Barda se coulèrent jusqu'en bas des marches et se glissèrent par la porte.

Ils débouchèrent dans une petite pièce nue. À leur gauche, il y avait une autre porte, peinte en rouge. En face d'eux, sur le mur opposé aux cuisines, une grille métallique obstruait l'orifice sombre et circulaire du Trou.

— Où mène la porte rouge ? demanda Barda.

— Au dortoir des Neuf, murmura Tira. Ils dorment à tour de rôle, dit-on, et empruntent cette porte quand des inspections sont prévues. (Elle jeta un coup d'œil nerveux par-dessus l'épaule.) Partons, maintenant. Je vous ai conduits ici parce que vous l'avez exigé. Mais nous risquons d'être surpris d'un instant à l'autre.

Les trois compagnons s'avancèrent au plus près du Trou et regardèrent à travers la grille. Ils distinguèrent vaguement l'entrée d'un tunnel en pierre qui semblait rougeoyer. Son plafond et ses parois étaient voûtés. Très étroit, il descendait dans les ténèbres.

Un grondement long et bas montait de ses profondeurs.

— Qu'y a-t-il dedans ? murmura Lief.

— Nous l'ignorons, répondit Tira. Seuls les At-Traprâs peuvent pénétrer dans le Trou et en revenir vivants.

— C'est ce qu'ils vous disent ! lança Lief avec mépris.

Mais Tira secoua la tête.

— Depuis que je suis née, j'ai vu deux hommes tenter de fuir de la cité par le Trou. On les en a retirés raides morts, les yeux ouverts et fixes, les mains tordues et couvertes de cloques, l'écume aux lèvres. (Elle frissonna.) On prétend qu'ils sont morts de terreur.

Le rugissement sourd retentit de nouveau. Ils scrutèrent les entrailles obscures. En vain.

— Tira, sais-tu où sont nos armes ? demanda Barda d'un ton insistant. Les épées... et les dagues ?

Tira hocha le menton avec méfiance.

— Près du four. Demain, on les fondra pour en faire des ustensiles de cuisine.

— Va nous les chercher !

Elle secoua la tête.

— Je ne peux pas ! siffla-t-elle, désespérée. Il est interdit de les toucher et, déjà, j'ai commis des crimes abominables à cause de vous.

— Tout ce que nous voulons, s'écria Lief, c'est partir d'ici ! En quoi cela peut-il nuire à ton peuple ?

Ét personne ne saura jamais que c'est toi qui nous as aidés.

— Reece est le Premier des Neuf, murmura Tira. Sa parole a valeur de loi.

— Reece n'est pas digne de ta loyauté, intervint Barda, furieux. Tu as vu toi-même qu'il vous ment et se moque bien de vos lois ! Si quelqu'un mérite de mourir, c'est lui !

Mais Barda était allé trop loin. Les joues empourprées, les yeux écarquillés, Tira se détourna et fila à toutes jambes vers les cuisines. La porte se referma derrière elle.

Barda poussa un soupir d'impatience.

— Je l'ai effrayée, marmonna-t-il. J'aurais dû tenir ma langue ! Qu'est-ce qu'on va faire, à présent ?

— Tirer le meilleur parti de la situation. (Résolu, Lief souleva la grille métallique.) Si les At-Traprâs peuvent entrer dans le Trou et en ressortir indemnes, nous le pouvons aussi... avec ou sans armes.

Il se retourna et, d'un geste, invita Jasmine à le suivre. Elle battit en retraite, secouant la tête.

— Je ne peux pas venir, dit-elle d'une voix forte. J'avais pensé que Filli m'attendait peut-être ici. Or il n'y est pas. Il ne quitterait pas Pâdra sans moi. Et moi, je ne partirai pas sans lui.

L'envie démangea Lief de la secouer comme un prunier.

— Jasmine ! insista-t-il. Il n'y a pas une seconde à perdre ! Arrête ces enfantillages !

Elle le fixa de son clair regard émeraude.

— Je ne vous demande pas de rester, Barda et toi, répliqua-t-elle avec calme. Vous avez commencé cette quête sans moi, vous pouvez donc la poursuivre seuls. (Elle détourna les yeux.) Peut-être... cela sera mieux ainsi.

— Que veux-tu dire ? demanda Lief. Pourquoi serait-ce mieux ?

Elle haussa les épaules.

— Nous sommes en désaccord sur... sur certaines choses. Je ne suis pas sûre que...

Mais elle n'acheva pas sa phrase. À cet instant, la porte rouge s'ouvrit derrière elle à la volée et Reece entra en coup de vent, ses yeux noirs brillant d'une fureur triomphante. Et avant que Jasmine puisse faire le moindre geste, il l'avait saisie de son bras puissant et soulevée du sol.

— Eh bien, jeune fille ! cria-t-il d'une voix pleine de hargne. Mes oreilles ne m'avaient pas trompé. Par quelle sorcellerie vous êtes-vous enfuis de votre cachot ?

Lief et Barda esquissèrent un mouvement vers lui, mais il cingla l'air de son fouet, les obligeant à battre en retraite.

— Espions ! gronda-t-il. La preuve est faite, à présent. Vous êtes le mal. Vous envahissez nos cuisines...

afin d'y amener votre créature mauvaise. Quand les gens l'apprendront, ils se réjouiront de vous voir mourir.

Jasmine se débattit, mais l'étau dans lequel la tenait Reece était d'acier.

— Vous ne m'échapperez pas, jeune fille, reprit-il, sarcastique. À cette minute même, d'autres membres des Neuf s'éveillent derrière cette porte. Vos amis mourront avant vous. Je parie qu'il vous plaira d'entendre leurs hurlements.

Il leva son fouet en direction de Lief et de Barda, les poussant, lentement mais sûrement, vers le Trou.

10

Le Trou

Une pensée marquait l'esprit de Lief au fer
rouge : un péril redoutable se tapissait bel et
bien dans les ténèbres du Trou. Reece, sinon,
n'aurait pas affiché ce sourire de triomphe en y acculant ses prisonniers.

Barda et Jasmine, visiblement, étaient arrivés à la
même conclusion. Jasmine criait, déchirant en vain
les épais vêtements de l'At-Traprâ de ses ongles.
Barda s'efforçait de ne pas céder un pouce de terrain,
les bras au-dessus de sa tête pour se protéger.

Le fouet de cuir frappa brutalement les oreilles de
Lief. Il se détourna, recula en chancelant, la douleur
cuisante lui faisant monter les larmes aux yeux. De
nouveau, le fouet s'abattit ; cette fois, du sang chaud
coula le long de son cou et de ses épaules. La noirceur
du Trou béait juste devant lui...

Puis il y eut un fracas retentissant. Et soudain, le fouet ne siffla plus.

Lief pivota.

Tira était penchée au-dessus du corps tassé de Reece, la porte des cuisines grande ouverte derrière elle. Ses yeux étaient vitreux de peur. Dans sa main gauche, elle étreignait les armes des trois compagnons ; dans la droite, la poêle à frire qu'elle avait prise sur l'étagère pour assommer Reece.

Poussant une exclamation d'horreur, elle lança violemment la poêle au loin. Celle-ci heurta le sol avec un raclement sonore.

Lief, Barda et Jasmine la rejoignirent d'un bond et récupérèrent leurs armes. Tira était paralysée sous l'effet du choc. Elle avait volé à leur rescousse sans réfléchir, mais, à l'évidence, en attaquant un At-Traprâ, elle avait commis un crime effroyable.

— Barda ! siffla Jasmine d'une voix pressante.

Elle pointa l'index. La poignée de la porte rouge tournait.

Barda se jeta contre le battant et s'y appuya de toutes ses forces. Jasmine ajouta son poids au sien. Un martèlement furieux retentit et la porte trembla.

— Sauve-toi, Tira ! cria Lief. Va ! Oublie ce qui est arrivé !

Elle le dévisagea, le regard fou. Il l'emmena en hâte vers la porte des cuisines, la poussa dans l'ouverture et tira le verrou derrière elle. À présent, les At-Traprâs qui essaieraient de leur barrer la route ne pourraient plus compter sur le concours des gens des cuisines et, la chance aidant, Tira atteindrait l'escalier et emprunterait la passerelle sans se faire remarquer.

Lief repivota juste à temps pour découvrir Barda et Jasmine affalés par terre tandis que la porte rouge s'ouvrait avec violence. Il courut au secours de ses amis à l'instant même où trois At-Traprâs déboulaient dans la pièce. Bien qu'ils eussent été arrachés au sommeil, ils étaient complètement habillés – costumes, gants et bottes rouges – et leur tête était cagoulée.

Leur rage se décupla quand ils aperçurent leur chef étendu sur le sol et les trois prisonniers en liberté. Rugissant, ils bondirent, cinglant impitoyablement l'air de leurs fouets.

Barda, Lief et Jasmine furent repoussés, leurs lames ne rencontrant que le vide. Lief cria, dépité, lorsqu'un fouet s'enroula autour de son épée et la fit voler de sa main.

Peu après, il entendit, horrifié, l'épée de Barda se fracasser sur le dallage à son tour. Désormais, les deux dagues de Jasmine constituaient leur unique moyen de défense. Cependant, les At-Traprâs avançaient toujours, les acculant, leurs fouets ondoyant telle une horrible machine à trancher.

— Arrêtez ! hurla Jasmine d'une voix stridente. Nous ne vous voulons aucun mal ! Nous souhaitons seulement quitter cet endroit !

Sa voix résonna contre les murs de pierre, s'élevant par-dessus le sifflement des fouets. Les At-Traprâs restèrent de marbre. Ils ne parurent même pas avoir entendu.

Mais quelqu'un avait entendu. Une petite tache de fourrure grise passa la porte en trombe, babillant et glapissant de joie.

— Filli ! s'exclama Jasmine.

Les At-Traprâs, hurlant d'horreur et de dégoût, s'écartèrent d'un bond tandis que l'animal se faufilait prestement entre eux et sautait sur l'épaule de Jasmine.

La diversion ne dura qu'un instant, mais cela suffit à Barda. Poussant un rugissement féroce, le colosse se jeta contre les deux At-Traprâs les plus proches et les envoya de toutes ses forces contre le mur. Leurs têtes heurtèrent les pierres et ils s'affaissèrent sur le sol.

Se contorsionnant, Lief décocha un coup de pied au troisième, juste au-dessus de la limite de sa botte. L'homme hurla et chancela, Lief saisit la poêle à frire et l'assomma.

Pantelant au-dessus des corps de leurs ennemis vaincus, les deux amis lancèrent un coup d'œil vers Jasmine.

— Filli nous a sauvés, chantonnait-elle avec bonheur. Comme il est courageux ! Il était perdu, mais il

a entendu ma voix et m'a rejointe à toutes pattes !
Pauvre Filli ! Qu'il a eu peur ! Il a risqué sa vie !

— Filli a eu peur et il a risqué sa vie ! se récria
Barda, outré. Et nous, alors ?

Jasmine se contenta de hausser les épaules et se
remit à caresser le petit animal.

— Qu'est-ce qu'on fait, à présent ? marmonna Lief.
Il y a quatre At-Traprâs ici, en comptant Reece. Plus
deux dans les cuisines. Il en manque donc encore
trois. Où sont-ils ? Où nous mettre en lieu sûr ?

— Tentons une sortie par le tunnel, déclara Barda,
lugubre, regardant autour de lui à la recherche de son
épée. Il n'y a pas d'autre choix.

Lief lorgna le Trou.

— Reece semblait penser que la chose qui se cache
là-dedans nous tuerait.

— Si les At-Traprâs peuvent y survivre, nous le
pouvons aussi, rétorqua Barda. Ils sont forts, certes,
et savent se battre, mais ils ne possèdent pas de pouvoirs magiques.

— Enfilons leurs vêtements, conseilla Jasmine. Ce
n'est sans doute pas un hasard s'ils s'habillent différemment des autres gens et ils sont les seuls à utiliser
le Trou. Il se peut que la créature dissimulée dans les
ténèbres soit conditionnée pour attaquer n'importe
quelle couleur sauf le rouge.

Barda hocha lentement la tête.

— Possible. En tout cas, c'est une bonne idée. Nos habits nous désignent comme des étrangers. Nous ne quitterons jamais la cité par la porte de devant, même en y allant au culot. Mais peut-être qu'en passant par-derrière...

Sans perdre davantage de temps, ils dévêtirent leurs trois victimes. Jasmine s'y prenait avec adresse et rapidité. Lief, frissonnant, ne put s'empêcher de songer aux innombrables fois où elle avait dépouillé les corps des Gardes Gris dans les Forêts du Silence afin de récupérer des vêtements et des objets qui lui étaient nécessaires. Elle procédait alors de manière efficace et sans éprouver la moindre pitié, comme maintenant.

Ils enfilèrent les tenues rouges par-dessus leurs vêtements, et les bottes sur leurs chaussures. Les At-Traprâs ne bougeaient pas. Des sous-vêtements blancs moulants les recouvraient des poignets aux chevilles. Leurs têtes, comme celles des autres habitants de la cité, étaient rasées.

— Ils n'ont plus l'air aussi dangereux, à présent, cracha Jasmine.

Elle drapa une étoffe rouge autour de son visage et s'assura que Filli était à l'abri sous le col de sa veste.

En dépit de sa hâte et de son inquiétude, Lief ne put retenir un sourire quand il lui jeta un coup d'œil. Elle avait une allure des plus étranges. Les tenues des At-Traprâs, déjà trop grandes pour Barda et lui, pen-douillaient sur elle en vastes plis informes. Les gants ne posaient pas de problème – leur tissu élastique leur permettait de s'adapter à n'importe quelle pointure. Mais Lief doutait que la jeune fille arrive à marcher dans les immenses bottes rouges.

Jasmine y avait pensé. Tenant les bottes à la main, elle courut jusqu'à Reece. Elle lui ôta ses gants, en fit une boule qu'elle tassa dans le bout de la première. Puis elle dénoua le tissu qui lui enveloppait la tête et le fourra dans la seconde.

Reece marmonna, son crâné rasé roulant sur le sol.

— Il se réveille, dit Jasmine en chaussant les bottes.

Elle tira sa dague de sa ceinture.

— Ne le tue pas ! s'exclama Lief, pris de panique.

Jasmine le dévisagea avec surprise.

— Et pourquoi cela ? Il me tuerait si j'étais à sa place. Et quand il t'a attaqué, tu l'aurais tué si tu en avais eu l'occasion.

Comment lui expliquer ? Lief savait qu'il ne convaincrait pas Jasmine que tuer dans le feu de l'action, afin de défendre sa vie, était très différent que de tuer un homme de sang-froid, fût-il un ennemi.

Barda poussa une exclamation et s'accroupit près du corps de Reece.

— Regardez ça ! marmonna-t-il en repoussant de côté la tête de l'At-Traprâ.

Lief s'agenouilla à son tour. Le cou de Reece montrait l'horrible cicatrice d'une ancienne brûlure, dont la forme ne lui était que trop familière.

— On l'a marqué au fer rouge, constata-t-il, examinant avec répulsion la plaie rouge terne. Du signe du Seigneur des Ténèbres. Et pourtant, il vit à Pâdra, libre et puissant. Qu'est-ce que cela signifie ?

— Que les choses ne sont pas ce qu'elles semblent être dans la cité, rétorqua Barda.

Rapidement, il alla jusqu'aux corps des trois autres At-Traprâs. Tous portaient la même trace.

Soudain, la poignée de la porte des cuisines bougea et cliqueta. Puis on martela le battant. Quelqu'un cherchait à entrer.

— Une inspection a dû s'achever, murmura Jasmine. Les cuisiniers ont une poubelle de nourriture à jeter.

Des cris s'élevèrent, suivis d'une volée de coups de poing. Reece grogna et gémit. Ses paupières battirent. Il n'allait pas tarder à reprendre conscience.

Barda se leva d'un bond.

— Emmenons-le. Nous l'obligerons à nous révéler le moyen d'échapper à la créature qui se dissimule dans le tunnel. Par ailleurs, un otage pourra nous être utile.

En hâte, ils passèrent leurs sacs à dos et, traînant Reece jusqu'à l'entrée du Trou, ils le poussèrent dans l'obscurité. Puis, sans plus se soucier de ce qui les attendait dans les profondeurs du tunnel, ils franchirent l'orifice du Trou en file indienne.

11

Le prix de la liberté

Lief dévala la pente avec précaution, serrant d'une main les chevilles de Reece et se retenant de l'autre aux parois et au plafond du tunnel afin de ralentir la descente. Ce n'était pas une mince affaire. La roche, en effet, suintait d'une fine couche de moisissure visqueuse qui glissait sous les doigts gantés. Peu à peu, le tunnel s'étrécit et fut juste assez large pour laisser le passage aux grosses poubelles.

Le sac de Lief ne cessait de s'accrocher au plafond. Lançant un cri d'avertissement à Barda derrière lui, Lief se contorsionna pour dégager ses épaules des courroies. Le sac le suivrait tout seul. La déclivité devenait plus raide et c'était l'unique moyen d'éviter une chute incontrôlable.

Le grondement s'était amplifié, un ronflement continu qui emplissait les oreilles et l'esprit de Lief. Il avait de plus en plus de mal à maîtriser Reece. L'At-Traprâ remuait à présent les jambes, agrippait les parois à mains nues et levait la tête, effleurant çà et là le plafond.

Une lumière brillait loin au-dessous – une faible lueur, trop jaune pour être le clair de lune. Elle s'intensifiait rapidement. Lief devina qu'il atteignait le bas de la pente et que le tunnel allait bientôt s'aplanir.

— Parés à atterrir ! claironna-t-il à Barda et à Jasmine.

À cet instant, Reece commença à se tordre et à gigoter en tous sens, poussant des hurlements et décochant des coups de pied. Ses chevilles échappèrent aux doigts de Lief et il s'éloigna en glissant, droit vers la lumière. Bouche bée, Lief vit son corps tressautant arriver au bas de la pente.

Mais, bizarrement, au lieu de s'arrêter, il continua sa course.

Soucieux de ne pas le perdre de vue, Lief ne chercha plus à freiner sa progression. Il atteignit le niveau du sol à la vitesse de l'éclair.

Devant lui, le tunnel s'élargissait. La lumière luisait faiblement du plafond. Le grondement était partout. Le sol avait changé de nature – ce n'était plus le roc dur et lisse du début, mais une substance molle et bosselée qui tremblait légèrement sous les mains de Lief... et qui bougeait ! Comme Reece, il continuait d'avancer... et c'était le sol qui le transportait !

La silhouette vêtue de rouge filait devant lui. Lief se mit debout et courut à sa suite, couvrant la distance en une poignée de secondes. Il sauta sur l'At-Traprâ et tenta de l'immobiliser.

Tous deux roulèrent, se battant au corps à corps, et heurtèrent la paroi. Lief sentit sous lui un sol raboteux. Qui ne grondait ni ne bougeait. Reece se cambra, cria et retomba, inerte.

C'est alors que Lief prit conscience de deux choses : le centre du tunnel était un tapis roulant, qu'actionnait quelque machinerie invisible ; et Reece était mort. Mort de façon atroce. Lief considéra le visage hideux et frissonna, se remémorant la description que Tira avait faite à propos des hommes qui avaient tenté de s'évader par le Trou.

Il entendit un cri, vit Barda et Jasmine surgir des ténèbres et courir vers lui à une vitesse ahurissante.

— Sautez sur le bas-côté ! leur hurla-t-il. Le tapis roulant ne se trouve qu'au milieu !

Ils obéirent et chancelèrent en prenant pied sur la terre ferme. Ils s'empressèrent de rejoindre Lief et restèrent bouche bée d'horreur en apercevant le cadavre de Reece.

— Que... Que lui est-il arrivé ? bredouilla Barda, tremblant.

Les paumes et le sommet du crâne rasé de Reece étaient maculés de moisissure rouge et horriblement boursouflés. De l'écume moussait sur ses lèvres. Son visage, bleui, était déformé par une grimace de souffrance intense.

— Du poison ! souffla Jasmine. (Elle balaya fébrilement les alentours du regard.) Dans les Forêts du Silence, il y a une araignée dont la morsure peut...

— Il n'y a pas d'araignées ici, l'interrompit Lief, l'estomac retourné. (Il pointa un index légèrement tremblotant vers la tête et les mains du cadavre.) La moisissure dans le tunnel... Je pense... je pense que son contact avec la peau nue est mortel. Nous avons conduit Reece à la mort ! Il s'est réveillé, a vu où il était... Mais, à ce moment-là, il était déjà trop tard.

Dégoûtés, ils observèrent le corps recroquevillé.

— J'ignorais, déclara enfin Jasmine d'un air de défi, que lui ôter ses gants et l'étoffe qui lui enveloppait le visage le tuerait !

— Bien sûr que tu l'ignorais, répliqua tranquillement Barda. Comment aurais-tu pu le deviner ? Seuls les At-Traprâs savent que ce sont leurs gants et leurs cagoules qui leur permettent d'emprunter le tunnel sans y laisser la vie. (Il grimaça.) Nos vêtements sont maculés de moisissure. De quelle manière allons-nous pouvoir les enlever sans risque ?

Lief avait réfléchi au problème.

— À mon avis, le poison n'est mortel que frais. Je ne vois pas, sinon, comment les At-Traprâs pourraient côtoyer les habitants de Pâdra sans les contaminer.

Barda soupira.

— Je croise les doigts pour que tu aies raison.

Un léger bruit dans leur dos les fit se retourner d'un bond. Une poubelle scintillante dévala le Trou et atterrit sur le tapis roulant. Elle se stabilisa en douceur et se dirigea vers eux.

— J'ai remis la grille en place derrière nous, dans l'espoir que les cuisiniers ne se rendraient pas compte que nous nous étions enfuis par le Trou, dit Jasmine. Apparemment, la ruse a marché.

— Pour l'instant, répliqua Barda, la mine sombre. Mais quand ils auront fouillé le dortoir des At-Traprâs, ils comprendront que c'était notre unique issue. Nous devons trouver la sortie en vitesse. En suivant le tunnel, je pense que nous déboucherons sur l'autre versant de la colline.

Abandonnant le cadavre de Reece, les trois compagnons sautèrent sur le tapis roulant et se mirent à courir, distançant bientôt la poubelle étincelante.

Au bout de quelques minutes, ils distinguèrent une lueur devant eux. Un souffle d'air frais leur balaya le visage. Ils perçurent un fracas métallique et des bruits de voix. Ils quittèrent le tapis roulant et avancèrent sur le bas-côté, s'aplatissant contre la paroi.

La lumière devenait plus vive. Les voix, plus fortes. Leur parvenaient aussi de curieux reniflements qui semblaient familiers à Lief, bien qu'il fut incapable de les situer. Tout à coup, il aperçut une entrée. Le tapis roulant s'arrêtait juste devant et quelques poubelles s'y alignaient, telles des sentinelles. Au-delà, Lief discerna les contours des arbres et le ciel gris. Un oiseau de nuit cria. L'aube n'allait pas tarder à poindre.

Tandis qu'il observait les lieux, trois hautes silhouettes apparurent dans son champ visuel. Chacune souleva une poubelle et l'emporta.

— C'étaient des At-Traprâs, murmura Jasmine. Vous avez vu ?

Lief hocha le menton, perplexe. Ainsi, voilà où étaient les trois At-Traprâs manquants. Que fabriquaient-ils avec la nourriture jetée ? Et qu'est-ce que c'était que ces reniflements ? Il les avait déjà entendus. Mais où ?

Les trois compagnons reprirent leur progression à pas de loup, à demi baissés et rasant le mur, se dévissant le cou pour voir au-delà de l'entrée. Mais quand la scène se déploya enfin devant leurs yeux, ils pilèrent net, stupéfaits.

Les At-Traprâs hissaient les poubelles sur une charrette, tassant avec soin de la paille entre chacune

afin d'amortir les bruits. Deux autres charrettes attendaient, déjà chargées à ras bord. Et, entre les bran-
cards, des méliméloches reniflaient avec fougue !

— Ils emportent les poubelles ! Et avec nos méliméloches, par-dessus le marché ! chuchota Lief.

— Je ne crois pas que ce soit les nôtres, répondit Jasmine. Ils leur ressemblent beaucoup, en effet,
mais leurs taches sont placées différemment. (Elle
lorgna l'angle de l'entrée et se raidit.) Il y en a un
pré entier, là-bas, souffla-t-elle. Au moins une
vingtaine !

— Nos bêtes sont sans doute dans le lot, dit Barda
sombrement. Qu'elles y restent ! Jamais plus je ne
monterai une de ces créatures, quand bien même ma
vie en dépendrait !

— Nos vies dépendent bel et bien de la rapidité
avec laquelle nous décamperons d'ici, figure-toi.
marmonna Jasmine. Quel est ton plan ?

Barda et Lief échangèrent un regard. Ils avaient eu
la même idée.

— La paille entre les poubelles est profonde,
répondit Lief. C'est la cachette idéale.

Barda opina et sourit jusqu'aux oreilles.

— Ainsi donc, l'histoire se répète, Lief ! Nous
allons nous évader de Pâdra comme ton père s'est
échappé, adolescent, du palais de Del. Dans une
charrette à ordures !

— Mais, et Kree ? protesta Jasmine. Comment saura-t-il où je suis ?

Comme en réponse à sa question, un cri strident retentit du faîte d'un arbre. Le visage de Jasmine s'illumina.

— Il est là ! s'exclama-t-elle.

À cet instant, les At-Traprâs revinrent pour emporter un nouveau chargement de poubelles et les trois amis reculèrent hors de leur vue. Mais dès que les silhouettes vêtues de rouge se furent éloignées, titubant sous leurs fardeaux, trois ombres jaillirent de l'angle de l'entrée et grimpèrent dans l'une des deux charrettes pleines. La plus menue adressa des signes en direction des arbres avant de s'enfouir sous la paille, et un oiseau répondit par un croassement.

Les trois amis se tinrent immobiles pendant que les At-Traprâs achevaient leur besogne.

— Était-ce la dernière ? entendirent-ils une voix familière demander.

C'était la femme qui avait parlé en leur faveur lors du procès.

— Apparemment, répondit une autre voix. J'aurais cru qu'il y en aurait plus. Il doit y avoir un problème aux cuisines. Mais nous ne pouvons attendre davantage, nous allons être en retard.

En retard ? Lief réfléchit, soudain sur le qui-vive. En retard pour quoi ?

Il y eut une cacophonie de grincements quand les

107

At-Traprâs montèrent dans les charrettes. Puis trois voix braillèrent « Brix ! » et, dans une embardée, les véhicules s'ébranlèrent.

Cachés sous la paille, les trois compagnons n'apercevaient rien sinon des bandes de ciel gris et, par-ci, par-là, la silhouette de Kree volant haut au-dessus d'eux. Si les At-Traprâs trouvèrent étrange qu'un corbeau vole avant l'aube, ils n'en dirent mot. Peut-être, pensa Lief, ne le remarquèrent-ils pas, absorbés qu'ils étaient à faire presser l'allure aux mélimé-loches.

Lief, Barda et Jasmine avaient prévu de sauter à bas de la charrette une fois parvenus à bonne distance de la cité. Mais ils n'avaient pas envisagé le fait que leur charrette serait au milieu des trois. Pas plus qu'ils n'avaient pris en compte la rapidité des méli-méloches.

Les véhicules bondissaient et rebondissaient sur les routes cahoteuses et le paysage défilait. Même tirant de lourdes charges, les bêtes galopaient étonnamment vite. Sauter en marche, c'était la blessure et la capture assurées.

— Nous allons devoir attendre l'arrêt, chuchota Jasmine. Qui ne saurait tarder, à mon avis.

Mais les minutes s'étirèrent en heures, et l'aube était déjà levée quand enfin les charrettes ralentirent et stoppèrent. Ensommeillé et l'esprit confus, Lief essaya de voir où ils étaient à travers la paille. Son estomac se retourna.

Ils se trouvaient de nouveau à l'échoppe de Tom. Et une troupe de Gardes Gris marchait dans leur direction.

12

Les affaires sont les affaires

Les charrettes grincèrent lorsque leurs conducteurs quittèrent leurs sièges et sautèrent à terre.

— Vous êtes en retard, ronchonna le chef des Gardes Gris.

— Ce n'est pas notre faute, répliqua calmement un des At-Traprâs.

Lief entendit un cliquetis et devina qu'on libérait les méliméloches de leurs harnais.

Il y eut un martèlement de sabots, comme si on amenait des chevaux. « Les chevaux gris du pré derrière l'échoppe », se dit Lief.

— Bien le bonjour, Vos Grâces ! cria la voix de Tom. Une belle journée, assurément !

— Une belle journée pour être en retard ! bougonna le Garde Gris.

— Laissez-moi faire, mes amis, poursuivit Tom avec entrain. Je m'occupe de changer les montures. Allez finir votre bière. La route est longue jusqu'à Del, et donne soif !

Lief eut un haut-le-cœur. Il entendit Barda et Jasmine haleter, horrifiés.

La nourriture ne serait pas jetée. Les charrettes allaient à Del !

Lief s'était figé, l'esprit agité de mille et une pensées. Il perçut à peine le vacarme des pieds des Gardes Gris retournant à l'échoppe. Soudain, tout s'était mis en place. Depuis des siècles, des charrettes grimpaient péniblement la colline qui menait au palais de Del, chargées de denrées de luxe. Même si la famine sévissait dans la cité, les privilégiés du palais mangeaient toujours à leur faim.

Personne n'avait jamais su d'où venait cette nourriture. Mais à présent, Lief le savait.

Elle venait de Pâdra. Ses paysans s'échinaient à faire pousser et à récolter fruits et légumes en abondance dans leurs champs fertiles. Ses cuisiniers préparaient jour et nuit des plats délicieux, dont une petite partie seulement était consommée par les habitants de la ville. Le reste était acheminé jusqu'au palais de Del. Cette manne avait autrefois tenu les rois et les reines de Deltora dans l'ignorance de la misère de leur peuple. Aujourd'hui, elle nourrissait les serviteurs du Seigneur des Ténèbres.

Les At-Traprâs étaient des traîtres à leur peuple. Et Tom, qui avait prétendu être contre le tyran, était en fait un ami des Gardes Gris.

Une vague de colère brûlante submergea Lief.

Mais Barda avait des préoccupations plus terre-à-terre.

— Nous devons descendre de cette charrette ! siffla-t-il. Maintenant. Il faut profiter de l'absence des Gardes Gris. Lief, peux-tu voir si...

— Je ne vois rien ! chuchota Lief.

Des harnais cliquetèrent. Kree poussa un cri perçant à proximité.

— C'est étrange. Cet oiseau noir nous suit depuis Pâdra, dit un At-Traprâ.

— Vraiment ? répondit Tom, pensif.

Lief, Barda et Jasmine se raidirent sous leur couche de paille. Tom avait déjà aperçu Kree. Devinerait-il... ?

Tom s'éclaircit la gorge.

— À propos, j'ai de mauvaises nouvelles pour vous. Vous allez devoir retourner à Pâdra à pied. Les montures fraîches que je vous réservais ont été volées... par des voyageurs très rusés.

— Nous sommes au courant ! répliqua un At-Traprâ avec colère. Vous avez manqué de vigilance.

Nous avons retrouvé les bêtes hier soir alors qu'elles tentaient de regagner leur enclos. Elles s'étaient emballées et avaient désarçonné les étrangers devant notre porte d'entrée.

— Les étrangers ont apporté le mal dans nos murs, psalmodia un autre At-Traprâ. Ils ont frôlé la mort d'un cheveu et, à l'heure qu'il est, ils croupissent dans nos cachots.

— Vraiment ? répéta Tom très doucement. (Puis sa voix redevint enjouée.) Et voilà ! ces pauvres méli-méloches harassés sont libérés de leurs rênes ! Si vous voulez bien les ramener jusqu'au pré, je finirai de harnacher les chevaux. Puis, peut-être accepterez-vous de trinquer avec moi avant de reprendre la route.

Les At-Traprâs acquiescèrent et, bientôt, Lief, Barda et Jasmine les entendirent emmener les méli-méloches.

Tom reprit la parole, semblant s'adresser aux chevaux.

— Si quelqu'un avait envie de quitter discrètement une charrette pour aller se cacher sous les arbres le long de l'échoppe, ce serait le moment ou jamais ! Le pauvre Tom est seul pour l'instant.

Le message était clair. Maladroitement, les trois compagnons se dégagèrent de la paille et prirent leurs jambes à leur cou, les membres raides, le corps contusionné. Tom ne leva pas les yeux et continua sa besogne en sifflotant.

Lief, Barda et Jasmine le virent se diriger d'un pas nonchalant vers l'arrière de la charrette et ramasser la paille tombée à terre. Il la remit en place, puis marcha à grandes enjambées en direction des arbres, les mains dans les poches. Il se pencha et se mit à ramasser de l'herbe, comme s'il la destinait aux chevaux.

— Vous nous avez vendu des méliméloches qui ne vous appartenaient pas ! gronda Barda, furieux.

— Ah, çà, murmura Tom sans le regarder. Le pauvre Tom a du mal à résister à l'or. Il l'admet. Mais ce qui est arrivé, c'est entièrement votre faute, pas la mienne, l'ami. Si vous aviez pris la bifurcation de gauche, comme je vous l'avais conseillé, les bêtes n'auraient jamais flairé l'odeur de l'étable et ne se seraient pas emballées. Vous n'avez à vous en prendre qu'à vous-mêmes et à votre stupidité.

— Possible, répliqua Lief d'un ton amer. Vous, en revanche, vous êtes un menteur. Vous prétendez être dans le camp de ceux qui résistent au Seigneur des Ténèbres, alors que vous aidez à nourrir ses serviteurs. Vous traitez les Gardes Gris comme des amis.

Tom se redressa, une touffe d'herbe tendre dans la main, et se tourna pour considérer l'enseigne qui se dressait si fièrement au-dessus de son toit.

— Avez-vous remarqué, mes amis ? Le nom de Tom reste le même, que vous veniez de l'ouest ou de l'est. Que vous soyez à l'intérieur ou à l'extérieur de l'échoppe. Que vous le voyiez réfléchi dans un miroir ou de vos propres yeux, Et Tom lui-même est pareil à son nom. Les affaires sont les affaires, que voulez-vous !

— Belle devise, en vérité ! cracha Lief.

— Assurément, je suis toujours le même Tom. Je ne prends pas parti. Je ne me mêle pas de ce qui ne me regarde pas. Cela est sage, en ces temps troubles. Et très, très lucratif. (Il sourit, et les commissures de sa large bouche s'arrondirent, plissant son mince visage.) Bon ! Je vous suggère de quitter cet endroit au plus vite. Je retiendrai mes chers amis, les At-Traprâs, aussi longtemps que possible afin de vous donner une avance confortable. Ôtez d'abord ces vêtements flamboyants, mais ne les laissez pas là, s'il vous plaît. Je ne veux pas d'histoires.

Il se détourna et rejoignit les charrettes à grands pas.

— Vous êtes un escroc ! souffla Lief dans son dos.

Tom s'arrêta.

— Peut-être, rétorqua-t-il d'une voix traînante. Mais un escroc vivant, et riche comme Crésus. Et, grâce à moi, vous vivrez pour mener votre combat une journée de plus.

Il repartit, tendant sa touffe d'herbe et claquant de la langue à l'adresse des chevaux.

Les trois amis enlevèrent vêtements et bottes rouges, et les fourrèrent dans leurs sacs. Lief bouillait de rage. Jasmine lui lança un regard étonné.

— Tom nous a aidés, rappela-t-elle. Pourquoi vouloir exiger davantage de lui ? Bon nombre de créatures ne croient en rien, sinon en elles-mêmes. Il en fait partie.

— Tom n'est pas une créature, mais un homme ! riposta Lief d'un ton sec. Il devrait savoir où est le bien !

— Es-tu sûr de le savoir toi-même ? répondit Jasmine du tac au tac.

Lief la dévisagea.

— Qu'entends-tu par là, au juste ?

— Ne vous disputez pas, intervint Barda d'un air las. Gardez vos forces pour la route. Nous avons une sacrée marche jusqu'à la rivière Large.

Il boucla son sac, le balança par-dessus l'épaule et avança d'un pas lourd.

— Nous devons d'abord retourner à Pâdra ! cria Lief en se hâtant derrière lui. Et dire aux gens qu'on leur ment !

— Vraiment ? Et si nous survivions assez long-temps pour ça – ce qui ne sera probablement pas le cas – et s'ils nous croyaient – ce dont je doute –, si, enfin, par quelque miracle, ils attaquaient une tradi-tion de plusieurs siècles, se rebellaient contre les At-Traprâs et refusaient d'envoyer désormais leur nourriture au loin... eh bien, qu'arriverait-il, à ton avis ?

— L'approvisionnement en vivres du Seigneur des Ténèbres se tarirait.

— En effet. Et alors, le Seigneur des Ténèbres ferait retomber sa colère sur Pâdra, obligerait ses habitants à exécuter sa volonté par la force et non plus par la ruse, et écumerait le pays pour nous retrouver, déclara Barda sans y mettre de forme. Résultat : les profits seraient nuls et les pertes, considérables ! Ce serait un désastre.

Il allongea le pas et prit la tête.

Lief et Jasmine coururent à sa suite, mais demeurèrent silencieux. Lief était trop en colère pour parler et l'esprit de Jasmine fourmillait de pensées que la jeune fille préférait garder pour elle.

13

La rivière Large et au-delà

Ils marchèrent sans répit les quatre jours suivants – quatre longues journées durant lesquelles ils échangèrent de rares paroles, et seulement à propos de faits banals : continuer leur route ou rester hors de vue d'un éventuel ennemi, par exemple. Quand, enfin, l'après-midi du quatrième jour, ils atteignirent la rivière Large, ils se rendirent compte qu'ils auraient dû planifier leur prochaine étape avec davantage de soin.

La rivière était profonde, et son nom la décrivait bien. Elle était si vaste qu'ils distinguaient à peine le paysage sur la berge opposée. L'immense nappe liquide s'étendait devant eux telle la mer. Il n'y avait pas de gué.

Décolorés et durs comme de la pierre, des vestiges de radeaux en bois gisaient à demi enterrés dans le sable. Peut-être, voilà fort longtemps, des gens avaient-ils débarqué à cet endroit et abandonné leurs embarcations là où elles s'étaient échouées. Cependant, il n'y avait aucun arbre dans les parages pour construire un radeau – seulement des roseaux.

Jasmine, les yeux plissés, scrutait l'étendue miroitante.

— Le pays, de l'autre côté, est extrêmement plat, annonça-t-elle. C'est une plaine, et j'aperçois une forme sombre qui s'y dresse. Si c'est la Cité des Rats, elle se trouve droit devant nous. Nous n'avons plus qu'à...

— ... traverser la rivière, acheva Lief d'une voix accablée.

Il se laissa tomber sur le fin sable blanc et se mit à fouiller dans son sac à la recherche de nourriture.

Il en sortit les objets qu'ils avaient achetés dans l'échoppe de Tom et les empila sur le sol. Il les avait quasiment oubliés et il les contempla avec dégoût.

Ils avaient paru si excitants dans la boutique ! À présent, ils avaient l'aspect d'articles de pacotille. Les perles à feu. Le pain Sans-Cuisson. La poudre « Pure et Limpide ». La pipe qui était supposée souffler des bulles de lumière. Et une petite boîte plate en fer-blanc à l'étiquette fanée.

Gobe-Eau
Utiliser avec précaution

Bien sûr. Le cadeau de Tom. Une babiole tout à fait inutile, dont il n'aurait pu se défaire autrement qu'en la donnant. Lief railla sa naïveté et retourna la boîte.

— Impossible de traverser à la nage. La distance est trop grande. Nous devrons suivre la rivière jusqu'à trouver un village où il y a des bateaux, disait Barda. C'est fort dommage de nous dérouter, mais nous n'avons pas le choix.

— Peut-être que si, répliqua Lief.

Jasmine et Barda le regardèrent avec surprise. Il leva la boîte et lut à voix haute les mots écrits au dos.

Mode d'emploi
*Répandre Gobe-Eau avec parcimonie
pour obtenir une terre sèche.*

ATTENTION !
*Efficace seulement 1 heure.
Manipuler avec précaution.
Non comestible.
Conserver à l'abri de l'humidité.*

*N.B. Les fabricants de Gobe-Eau déclinent toute respon-
sabilité en cas de mort, de blessure, de dommages ou autre
catastrophe qui pourraient survenir avant, pendant ou
après l'utilisation de ce produit.*

— Es-tu en train de dire que ce qui se trouve dans
cette petite boîte en fer-blanc peut assécher une
rivière ? le taquina Jasmine.

Lief haussa les épaules.

— Je ne dis rien de tel. Je lis simplement le mode
d'emploi.

— Il y a davantage de mises en garde que d'instructions, déclara Barda. Bah ! Nous allons bien voir.

Ils s'avancèrent jusqu'au bord de la rivière. Lief
força le couvercle de la boîte. À l'intérieur, il vit de
minuscules cristaux, chacun de la grosseur d'un grain
de sable. Se sentant légèrement ridicule, il en préleva
une pincée et la lança dans l'eau. Les cristaux s'enfon-

cèrent aussitôt sans changer d'apparence le moins du monde.

Et rien ne se produisit.

Lief patienta un moment puis, refoulant sa déception, tenta de sourire et haussa les épaules.

— J'aurais dû m'en douter. Comme si Tom était homme à donner quoi que ce soit de réellement...

Il cria et fit un bond en arrière. Un bloc énorme, incolore et tremblotant, se dressait hors des flots. À côté de lui, il y en avait un autre... et un autre encore !

— Ce sont les cristaux ! hurla Barda, excité. Ils aspirent l'eau !

Tel était le cas, en effet. À mesure qu'ils augmentaient de volume sous l'œil écarquillé de Lief, ils se réunissaient pour former un mur vacillant et impressionnant, qui retenait la rivière. Et l'eau s'évaporait, laissant un étroit chemin sinueux de flaques de boue sableuse.

Kree, de surprise, poussa des cris rauques quand Jasmine, Lief et Barda entrèrent avec précaution dans le lit de la rivière, se faufilant entre les blocs gélatineux jusqu'à la fin de la zone sèche. Lief jeta alors une nouvelle pincée de cristaux et, bientôt, d'autres blocs crevèrent la surface et un sentier se dessina devant eux.

✳

Traverser la rivière Large était une aventure étrange et effrayante. Chacun des trois compagnons pensait à ce qui arriverait si les murs frémissants qui faisaient barrage cédaient. La pression de l'eau, formidable, les balaierait comme fétus de paille. Nul n'en réchapperait.

Les Gobe-Eau, gorgés de liquide, leur bouchaient la vue tandis qu'ils marchaient sur des œufs, multipliant les tours et les détours, enfonçant à chaque pas dans la boue molle. Lief, soudain, s'inquiéta – et si la boîte était vide avant qu'ils n'aient atteint la rive opposée ? Au même instant, celle-ci apparut devant lui et il prit pied sur une terre sèche et dure.

Les trois amis contemplèrent le paysage.

La plaine, nichée dans un méandre de la rivière, était encerclée d'eau de trois côtés. Elle aurait dû être fertile et luxuriante. Toutefois, pas un brin d'herbe n'adoucissait sa terre desséchée. Aussi loin que portait le regard, on n'apercevait nulle végétation, nul signe de vie.

Au centre se dressait une ville dont les tours brillaient d'une lueur rouge sombre dans les derniers rayons du soleil couchant. Bien qu'elle fût fort éloignée, il en émanait un sentiment de mal et de menace, qui s'en exhalait telle une vapeur.

Lief, Barda et Jasmine se mirent en route sur la plaine stérile. Au-dessus d'eux, le ciel formait une voûte écarlate et inquiétante. « Vus d'en haut, songea tout à coup Lief, nous devons ressembler à des fourmis, trois minuscules fourmis rampantes, qu'on pourrait balayer d'un coup. » Jamais il ne s'était senti si vulnérable.

Kree percevait le danger, lui aussi. Il se tenait immobile sur l'épaule de Jasmine. Filli, recroquevillé sous la veste de la jeune fille, montrait à peine le bout de son nez. Mais même leur présence ne parvenait pas à réconforter Jasmine. Elle traînait les pieds et se mit à marcher de plus en plus lentement. Quand le soleil sombra vers l'horizon, elle frissonna et s'arrêta.

— Je suis désolée, marmonna-t-elle. L'aridité de cet endroit m'évoque la mort. C'est insupportable !

Son visage était crayeux, ses traits tirés. Ses mains tremblaient. Lief et Barda échangèrent un regard.

— J'étais justement en train d'envisager une halte, déclara Barda, bien que Lief doutât que ce fût vrai. Nous devons nous reposer et nous restaurer. Et, à mon avis, mieux vaut éviter d'entrer à la nuit dans la cité.

Ils s'assirent et entreprirent de déballer leurs provisions. Il n'y avait pas de brindilles pour allumer un feu.

— C'est le moment idéal d'essayer les perles à feu de Tom ! s'écria Lief, tentant de se montrer enjoué à l'exemple de Barda.

Dans la lumière déclinante, il lut les instructions sur le flacon. Puis il posa une perle sur le sol et lui donna un violent coup de pelle. Elle s'enflamma aussitôt. Lief ajouta une seconde perle, qui, à son tour, s'embrasa. Bientôt, il y eut une joyeuse flambée. Apparemment, il n'était pas nécessaire de l'alimenter. Lief fourra le flacon dans sa poche, satisfait.

— Confort immédiat. Ça, alors ! s'exclama Barda avec enthousiasme. Tom est peut-être un scélérat... ce qu'il vend n'est pas de la camelote !

Bien qu'il fût encore tôt, Barda et Lief étalèrent leurs vivres autour d'eux et décidèrent quels mets ils allaient manger. Ils ajoutèrent de l'eau à un des ronds blancs et plats de Sans-Cuisson et l'observèrent gonfler à vitesse grand V pour se transformer en miche de pain. Ils coupèrent celle-ci en tranches qu'ils grillèrent, les accompagnant de baies séchées, de noisettes et de miel.

— Un véritable festin ! s'écria Barda avec contentement.

Et Lief fut soulagé de voir s'estomper un peu la tension sur le visage de Jasmine. Ainsi que les deux amis l'avaient espéré, la chaleur, la lumière et la nourriture réconfortaient la jeune fille.

Il observa par-dessus l'épaule de Jasmine la cité lointaine. Sur ses tours, la lueur rouge perdait à présent de son éclat. Massive, elle s'élevait sur la plaine, silencieuse, sinistre, déserte...

Lief cligna des yeux. Les ultimes rayons du soleil lui jouaient-ils des tours ? Pendant un instant, il lui avait semblé que la terre entourant la cité ondoyait, telle de l'eau.

Il regarda encore et, perplexe, fronça les sourcils. La plaine bougeait bel et bien. Pourtant, il n'y avait aucun brin d'herbe que le vent pût courber, aucune feuille qu'il pût faire voler au sol. Qu'est-ce que...

Puis, soudain, il vit. Et poussa un cri rauque.

— Barda !

Le colosse leva la tête, surpris par la note de peur dans sa voix. Lief voulut parler, mais son souffle se bloqua dans sa gorge. Des vagues d'horreur le submergèrent tandis qu'il contemplait la plaine mouvante.

Jasmine se retourna.

— Qu'y a-t-il ?

Et alors, Barda et elle crièrent d'une seule voix et se levèrent d'un bond.

Se déversant de la cité, couvrant le sol tel un tapis, affluant en une longue vague basse, une masse grouillante et pressée de rats déferlait vers eux comme un raz de marée...

14

La nuit des Rats

Des milliers – des dizaines de milliers de rats !
Lief comprit d'un coup pourquoi la terre
était dépouillée. Les rats en avaient dévoré
tout ce qu'elle portait de vivant.

C'étaient des créatures des ombres. Les rats étaient
demeurés cachés dans la ville en ruine tant que le
soleil dardait ses rayons sur la plaine. Mais à présent,
ils venaient, attirés par l'odeur de nourriture, pris
d'une fringale frénétique.

— La rivière ! hurla Barda.

Ils coururent comme jamais. Lief ne regarda qu'une
fois par-dessus l'épaule... et le spectacle qu'il décou-
vrit suffit à lui faire encore presser l'allure, bouche
grande ouverte sous l'effet de la terreur.

Les premiers rats avaient atteint leur feu. Ils étaient
gigantesques. Ils se jetaient sur les provisions et autres

objets abandonnés çà et là sur le sol, engloutissant et engouffrant tout avec leurs dents acérées. Mais leurs congénères les talonnaient de près, montant sur eux, les étouffant, se disputant âprement le butin, basculant, dans leur hâte, au cœur des flammes, couinant et glapissant.

Et des milliers d'autres leur grimpaient dessus, ou bien, contournant la mêlée, déguerpissaient, leur museau pointu humant l'air, leurs yeux noirs brillant. Ils sentaient Lief, Barda et Jasmine... flairaient leur chaleur, et leur vie, et leur peur.

Lief courut, la poitrine douloureuse, le regard rivé à la rivière. L'eau miroitait dans les derniers reflets du couchant. Encore quelques mètres...

Jasmine était à sa hauteur, Barda sur leurs talons. Lief entra dans l'eau froide, haletant, et barbota aussi loin qu'il l'osa. Il se retourna alors pour faire face à la plaine, sa cape tourbillonnant autour de lui.

Le flot gris et glapissant atteignit la berge. Puis il sembla s'enrouler et se briser comme une vague et se répandit dans l'eau.

Barda s'évertuait à tirer son épée et à la brandir à la surface.

— Ils nagent à nos trousses ! Rien ne les arrêtera !

Déjà, Jasmine cisaillait l'ennemi de sa dague, poussant des cris féroces, et des dizaines de rats morts étaient emportés par le courant. À ses côtés, Lief et

Barda balayaient l'onde de leurs lames, haletant sous l'effort.

L'eau, autour d'eux, tournoyait, mélange de sang et d'écume. Et les rats arrivaient toujours, grimpant, babines retroussées, sur leurs morts qui sombraient.

« Combien de temps tiendrons-nous ? pensa Lief. Combien de temps leur faudra-t-il pour nous submerger ? »

Son esprit fonctionnait à toute allure tandis qu'il se battait, les mains engourdies sur la poignée de son épée. Ils seraient en sûreté sur l'autre rive. La rivière était trop large pour que les rats la traversent à la nage. Hélas... trop large pour lui aussi, et pour Jasmine, et pour Barda. Ils ne survivraient jamais dans cette eau froide et profonde.

Et une longue nuit les attendait. Avant que le soleil se lève, inondant la plaine de lumière, les rats attaqueraient. Des milliers d'entre eux mourraient, mais des milliers d'autres prendraient leur place. Peu à peu, les trois compagnons s'affaibliraient. Et alors, les rats finiraient par grimper sur eux, les mordant et les griffant, jusqu'à ce qu'ils coulent et se noient.

Le soleil, à présent, était couché et la plaine s'était assombrie. Lief ne distinguait plus la cité. Il ne voyait plus que le feu de camp, dansant tel un signal lumineux.

À cet instant, il se rappela avoir mis le flacon de perles à feu dans sa poche.

Il ôta une main de son épée, la plongea sous l'eau et la fourra au plus profond de sa veste. Ses doigts se refermèrent sur le flacon et il le ramena à la surface, ruisselant. Les perles, cependant, crépitaient toujours à l'intérieur.

Criant à Barda et à Jasmine de le couvrir, il s'avança en pataugeant et dévissa le couvercle. De ses doigts engourdis, il prit une poignée de perles qu'il jeta de toutes ses forces vers les rats massés sur la rive.

Il y eut un immense jaillissement de flammes quand les perles atteignirent leur cible. La lumière était aveuglante. Des centaines de rats tombèrent raides morts, tués par la chaleur soudaine. La meute, derrière eux, couina et détala loin des corps embrasés. Ceux qui étaient déjà dans l'eau se bousculèrent et se contorsionnèrent de terreur, bondissant vers Lief, Barda et Jasmine, fouettant l'onde de leurs longues queues. Barda et Jasmine les taillèrent en pièces, pendant que Lief lançait une autre poignée de perles, et une autre encore, descendant lentement le cours de la rivière pour étirer le mur de flammes.

Et bientôt, un interminable rideau de feu brûla sur la rive. Au-delà, la plaine bouillonnait. Mais à l'endroit où se tenaient les trois compagnons, pantelant et frissonnant de soulagement, ii n'y avait que de l'eau ondoyante, qu'animait une lumière rouge et dansante. Les rats morts disparaissaient au fil du courant, mais aucun autre ne les remplaçait plus.

Peu après, ils entendirent des bruits d'éclaboussures en aval et en amont – les rats plongeaient dans la rivière au-delà et en deçà de la ligne de flammes. Cependant la distance était trop grande pour qu'ils la couvrent à la nage. Le courant, très rapide, les faisait pour la plupart sombrer avant qu'ils ne puissent atteindre leurs proies. Quant à ceux qui survivaient, les trois compagnons n'avaient aucun mal à les éliminer.

Ainsi Lief, Barda et Jasmine se tenaient-ils au coude à coude, de l'eau jusqu'à la taille, les membres tremblant de fatigue, mais sains et saufs à l'abri de leur barricade embrasée à mesure que s'égrenaient les heures sans fin et glacées.

✳

L'aube finit par poindre. Le ciel se teinta d'un rouge terne. Au-delà de la ligne de feu s'éleva un frémissement, un murmure, une sorte de grattement, tel le bruissement de feuilles dans une forêt. Puis il se tut, et un silence formidable s'abattit sur la plaine.

Lief, Barda et Jasmine pataugèrent jusqu'à la rive. De l'eau ruisselait de leurs vêtements et de leurs cheveux, sifflant au contact des flammes. Ils enjambèrent les braises rougeoyantes.

Les rats étaient partis. Entre la rivière et les restes fumants du feu de camp, il n'y avait rien, hormis un enchevêtrement de petits os.

— Ils ont dévoré leurs morts, constata Barda, au bord de la nausée.

— Évidemment, répliqua Jasmine d'un ton neutre.

Frissonnant de froid, ayant l'impression que ses jambes étaient lestées de pierres, Lief se mit à marcher d'un pas traînant vers l'endroit où ils avaient mangé, tant d'heures auparavant. Jasmine et Barda le suivirent, silencieux et sur le qui-vive.

Kree volait au-dessus d'eux, faisant résonner l'air de ses battements d'ailes.

Il ne restait pas grand-chose autour des cendres, sinon trois taches rouge vif.

Lief eut un rire bref.

— Ils ont laissé les vêtements et les bottes des At-Traprâs ! Ils n'étaient pas à leur goût, on dirait. Pourquoi donc ?

— Peut-être sont-ils toujours imprégnés de l'odeur de la moisissure du Trou, suggéra Jasmine. Pour nous, ils ne sentent rien... mais nous ne possédons pas l'odorat d'un rat.

Ils balayèrent du regard le campement dévasté. Les boucles des sacs, les bouchons des outres, la pipe qui soufflait des bulles de lumière, un ou deux boutons, quelques pièces et la boîte plate en fer-blanc qui contenait un fond de Gobe-Eau étaient disséminés çà et là parmi les os et les cendres. À l'exception des habits de Pâdra, rien n'avait résisté à la fringale des rats. Pas une miette de nourriture, pas un lambeau de couverture, pas un fil de corde.

Barda frissonna dans la légère brise de l'aube.

— Du moins sommes-nous en vie. Et nous avons des vêtements secs de rechange. Ils ne nous plaisent pas, mais qui nous verra dans cette contrée perdue ?

Avec lassitude, ils se déshabillèrent et enfilèrent les tenues et les bottes rouges des At-Traprâs. Puis, enfin réchauffés et au sec, ils s'assirent pour parler.

— Le flacon de perles à feu est presque vide. Nous ne survivrons pas à une seconde nuit dans cette plaine, déclara Barda d'un ton accablé. Entrons dans la ville. C'est maintenant ou jamais. Ces étranges costumes nous protégeront, puisque les rats ne les aiment pas. Et nous avons toujours la pipe qui souffle des bulles de lumière. Si elle fonctionne comme on nous l'a dit, elle pourrait se révéler utile.

Ils firent un ballot de leurs vêtements mouillés, rassemblèrent le peu de possessions qui leur restaient et se mirent en route.

Les yeux de Lief lui picotaient de fatigue et ses pieds traînaient dans les hautes bottes rouges. À la pensée de la meute de rats qui devait grouiller et se battre à l'intérieur des tours en ruine, il se sentait empli d'effroi. Comment pourraient-ils entrer dans la ville sans être submergés et mis en pièces ?

Pourtant, il le fallait. Déjà, la Ceinture de Deltora se réchauffait autour de sa taille. Une des pierres précieuses perdues se dissimulait bel et bien au cœur de la cité. La Ceinture avait décelé sa présence.

15

La Cité

Les tours de la cité se dressaient, sombres et menaçantes, au-dessus de leurs têtes. Bien longtemps auparavant, les grandes portes de fer de l'entrée étaient tombées et avaient été rongées par la rouille À présent, il ne restait plus qu'un trou béant dans le mur. Ce trou menait à un puits de ténèbres d'où émanaient des grattements effrayants ainsi que la puanteur des rats.

Il s'en exhalait autre chose, aussi. Bien pire. Un sentiment de mal très ancien – malveillant, glacé, terrifiant.

Lief, Barda et Jasmine enfilèrent les gants des At-Traprâs, et couvrirent leur visage et leur tête de l'étoffe rouge qu'ils avaient portée lors de leur fuite de Pâdra.

— Comment les rats ont-ils pu proliférer à ce point ? s'interrogea Lief. Ces bestioles se reproduisent vite, il est vrai. Et plus encore dans des lieux sombres et sales, où la nourriture traîne à leur portée. Mais pourquoi les habitants de cette ville n'ont-ils pas pris de mesures en temps utile ? Leur négligence les a finalement contraints à décamper.

— Quelque force maléfique était à l'œuvre. (Barda regarda, la mine lugubre, les murs en ruine devant eux.) Le Seigneur des Ténèbres...

— Tu ne peux pas mettre tout et n'importe quoi sur le dos du Seigneur des Ténèbres ! explosa soudain Jasmine.

Barda et Lief la dévisagèrent avec surprise. Elle fronçait les sourcils.

— J'ai trop longtemps gardé le silence, marmonna-t-elle. À présent, je vais parler, même si mes propos vous déplaisent. Cet étranger que nous avons croisé dans l'échoppe de Tom – l'homme avec la cicatrice sur la joue – a évoqué les buissons de la plaine. Il les a appelés « les épineux du roi de Del ». Et il avait raison.

Lief et Barda l'observaient, bouche bée. Elle inspira à fond et s'empressa de poursuivre.

— Le Seigneur des Ténèbres n'exerce sa tyrannie sur Deltora que depuis seize ans. Il a fallu beaucoup plus de temps aux épineux pour envahir la plaine ! Voilà cent ans que la sorcière Thaegan a jeté un sort sur le Lac des Pleurs. Cela fait des siècles que les habitants de Pâdra ont adopté leur mode de vie.

Et quant à ce bastion du mal, il a dû être abandonné par ses occupants depuis aussi longtemps.

Elle se tut et regarda, maussade, droit devant elle.

— Qu'essaies-tu de dire, Jasmine ? demanda Barda, impatient.

Les yeux de la jeune fille s'assombrirent.

— Les rois et les reines de Deltora ont trahi leur mission. Ils se sont enfermés d'eux-mêmes dans le palais de Del, vivant dans le luxe, tandis que leur pays allait à la ruine et que le mal prospérait.

— C'est vrai, acquiesça Lief. Cependant...

— Je sais ce que tu vas dire ! riposta Jasmine d'un ton sec. Tu m'as répété cent fois qu'ils avaient été trompés par les serviteurs du Seigneur des Ténèbres. Qu'ils obéissaient aveuglément à des règles stupides, imaginant que cela seul constituait leur devoir. Pourtant, à mon sens, toute cette histoire est un mensonge.

Barda et Lief demeurèrent silencieux. L'un et l'autre comprenaient pourquoi Jasmine avait tant de mal à accepter la vérité. Elle s'était débrouillée sans l'aide de personne depuis l'âge de cinq ans. Elle était forte et indépendante. Elle ne se serait jamais permis d'être une marionnette qui dansait quand le conseiller en chef tirait les ficelles.

— Nous risquons nos vies pour restaurer la Ceinture de Deltora, reprit-elle. Et pourquoi cela ? Afin de rendre le pouvoir à l'héritier du trône – qui, en ce moment même, se terre tandis que Deltora souffre et

que nous affrontons les périls. Voulons-nous réellement que des rois et des reines reviennent dans le
palais de Del, nous mentent et nous utilisent comme
ils l'ont fait par le passé ? Ma réponse est non !

Elle foudroya les deux compagnons du regard et
attendit.

Barda était en colère. Pour lui, les propos de Jasmine relevaient de la trahison. Lief, quant à lui, voyait
les choses différemment.

— Je pensais autrefois comme toi, Jasmine,
déclara-t-il. Je haïssais la mémoire du vieux Roi. Mais
que lui et son fils aient été des êtres superficiels et
paresseux ou simplement stupides importe peu désormais.

— Importe peu ? cria Jasmine. Comment peux-tu...

— Jasmine, ce qui importe, c'est de libérer notre
pays de la tyrannie du Seigneur des Ténèbres ! la
coupa Lief. Même si tout n'allait pas pour le mieux
dans le passé, du moins les gens de Deltora étaient-ils
libres et ne vivaient pas constamment dans la peur.

— Bien sûr ! s'exclama Jasmine. Mais...

— Nous ne pouvons vaincre le Seigneur des Ténèbres par les armes. Sa sorcellerie est trop puissante.
Notre unique espoir réside dans la Ceinture, portée
par l'authentique héritier d'Adin. Ainsi, ce n'est pas
pour la famille royale que nous risquons nos vies, mais
pour notre pays et l'ensemble de ses habitants. Ne le
comprends-tu pas ?

Ses paroles firent mouche. Jasmine ne riposta pas et battit des paupières. Peu à peu, le feu s'éteignit dans ses yeux.

— Tu as raison, répondit-elle enfin. Ma colère m'a fait perdre de vue notre objectif. Je suis désolée.

Sans ajouter mot, elle acheva de nouer l'étoffe rouge autour de sa tête et de son visage. Puis, sa dague à la main, elle suivit Lief et Barda dans la cité.

✳

Ils pénétrèrent dans un labyrinthe de ténèbres, où les murs bruissaient de vie. Les rats vinrent par milliers, sortant des fissures des pierres effritées, leurs queues cinglant l'air comme des fouets, leurs yeux rouges luisant.

Lief prit la pipe et souffla. Des bulles rougeoyantes s'en élevèrent, chaudes et scintillantes, illuminant l'obscurité telles de minuscules lanternes flottantes.

La ruée formidable se ralentit, se transforma en une cohue confuse, tandis que la plupart des rats détalaient loin de la lumière en glapissant de panique.

Les plus courageux, filant se réfugier dans les ombres du sol, tentèrent de s'accrocher aux pieds des étrangers, de grimper le long de leurs jambes. Mais les hautes bottes glissantes et les vêtements flamboyants à l'étoffe lisse et épaisse les rebutèrent presque tous, et ceux qui s'obstinèrent, Lief, Jasmine et Barda les chassèrent sans peine d'un revers de leurs mains gantées.

— On dirait que ces tenues ont été spécialement conçues à notre intention, remarqua Barda. C'est une sacrée chance que nous soyons tombés dessus !

— Et une sacrée chance que Tom nous ait donné cette pipe ! renchérit Lief.

Mais alors même qu'il prononçait ces mots, il s'interrogea. La chance avait-elle vraiment sa part dans tout cela ? N'y avait-il pas... autre chose ? Ne lui avait-il pas déjà semblé, au cours de ce grand périple, qu'une main invisible guidait leurs pas ?

S'époussetant et frissonnant, ils continuèrent leur progression. De-ci, de-là, Lief soufflait dans la pipe et de nouvelles bulles à la lumière douce s'épanouissaient. Les anciennes flottaient au-dessus de leurs têtes, rougeoyant sur les vieilles poutres qui soutenaient toujours le toit. Les rats n'avaient pas réussi à les ronger – ou peut-être étaient-ils assez malins pour s'en abstenir, car, sans elles, la toiture s'effondrerait, exposant la ville au soleil.

La cité avait l'aspect d'un seul et immense édifice – un dédale de pierre qui paraissait ne pas avoir de fin. L'air frais pas plus que la lumière du jour n'y pénétrait. « C'est apparemment la façon de bâtir les villes dans ces régions, pensa Lief. Pâdra est édifiée sur le même modèle. »

141

On notait partout des signes de la splendeur passée. De hautes voûtes sculptées, de vastes salles, d'énormes cheminées emplies de cendres, de spacieuses cuisines sonores recouvertes de poussière.

Et, partout, les rats pullulaient.

Le pied de Lief heurta quelque chose qui cliqueta et roula. Les rats attrapèrent ses gants quand il se baissa pour ramasser l'objet.

C'était une coupe ciselée – en argent, conclut-il, bien que tachée et ternie par l'âge. Son cœur était lourd quand il la tourna dans ses mains. Il lui semblait qu'elle lui parlait des gens qui avaient fui leur foyer si longtemps auparavant. Il l'examina de plus près. Elle lui parut familière. Mais pourquoi... ?

— Lief ! ronchonna Barda, sa voix étouffée par l'étoffe qui lui couvrait le nez et la bouche. Avance, s'il te plaît. Nous ignorons combien de temps durera la pipe de lumière et, à la tombée de la nuit, nous devrons être en lieu sûr.

— Dans un endroit, du moins, où il n'y a pas de rats, ajouta Jasmine.

Frénétiquement, elle passa les paumes de ses épaules à ses hanches, et les rats qui lui grouillaient sur le corps tombèrent sur le sol en couinant.

Un souvenir très net revint à la mémoire de Lief et, en un éclair, la lumière se fit dans son esprit, l'ébranlant jusqu'au tréfonds de son être.

142

— Et si nous dénichons pareil endroit, nous dirons : « Pas de rats là », et ce sera comme une action de grâces, murmura-t-il.

— Quoi ? fit Jasmine avec humeur.

Le moment ne se prêtait pas aux explications. Lief reprit sa route, fourrant la coupe dans la Ceinture. Plus tard, il mettrait Jasmine et Barda au courant. Quand ils seraient hors de danger. Quand...

Approche, Lief de Del.

Lief tressaillit, jetant des regards éperdus autour de lui. Qu'est-ce que c'était que ça ? Qui avait parlé ?

— Lief, que se passe-t-il ?

La voix de Jasmine paraissait lointaine, bien que la jeune fille fût à côté de lui. Il considéra ses yeux émeraude emplis de perplexité. Vaguement, il comprit qu'elle n'avait rien entendu.

— Approche. J'attends.

La voix siffla et s'enroula dans le cerveau de Lief. À peine conscient de ce qu'il faisait, il se mit à marcher plus vite à l'aveuglette, obéissant à son ordre.

Les bulles lumineuses flottaient devant lui, scintillant sur des murs éboulés, sur des socles de métal rouillé où avaient jadis brûlé des torches, sur des tessons de poteries empilés sur le sol. Des rats grouillaient dans les recoins et griffaient ses bottes.

Il avança, chancelant, vers le cœur de la cité. L'air s'épaissit, suffocant. Une chaleur intense pulsait de la Ceinture autour de sa taille.

— Lief ! entendit-il Barda crier.

Mais il ne pouvait se retourner ni répondre. Il était parvenu à l'entrée d'un large tunnel. Au bout, se profilait une porte monumentale. Il s'en échappait une odeur écœurante, musquée, qui saturait l'atmosphère. Lief marqua une hésitation, mais continua pourtant.

Il atteignit la porte. Dans la pièce au-delà, une masse gigantesque remua au sein de l'obscurité.

— Qui êtes-vous ? chevrota Lief.

Et la voix sifflante le frappa de plein fouet, stridente et brûlante.

Je suis l'Unique. Je suis Reeah. Approche-toi.

16

Reeah

Ténèbres. Peur. Mal.

Tremblant, Lief porta la pipe à ses lèvres et souffla. Des bulles rougeoyantes flottèrent dans les airs, éclairant ce qui avait été jadis une vaste salle commune.

Un serpent gigantesque se dressa, sifflant, au centre de l'espace qui résonnait comme une chambre d'écho. Les anneaux de son corps brillant, gros comme le tronc d'un arbre millénaire, occupaient le sol d'une extrémité à l'autre. Ses yeux plats étaient froids et emplis d'une antique cruauté. Sur sa tête, il portait une couronne. Et, au milieu de celle-ci, une pierre étincelait de toutes les couleurs de l'arc-en-ciel.

L'opale.

Lief avança d'un pas.

Stop !

Le mot avait-il retenti dans sa tête ? Le serpent l'avait-il sifflé à voix haute ? Lief n'aurait su le dire. Il s'immobilisa. Barda et Jasmine arrivèrent derrière lui. Il les entendit haleter et sentit bouger leurs bras lorsqu'ils levèrent leurs armes.

Ôte l'objet que tu portes sous tes vêtements.

Les doigts de Lief se glissèrent lentement vers la Ceinture autour de sa taille.

— Non, Lief ! entendit-il Barda lui chuchoter d'un ton pressant.

Mais déjà il cherchait à tâtons la boucle de la Ceinture pour l'ouvrir. Rien ne paraissait réel – rien, hormis la voix qui lui donnait des ordres.

— Lief !

La main dure et hâlée de Jasmine lui agrippa le poignet, le tirant violemment.

Lief se débattit pour se libérer de l'étau. Et alors, d'un coup, ce fut comme s'il s'éveillait d'un rêve. Il baissa les yeux en cillant.

La paume de sa main reposait sur la topaze d'or. Voilà donc ce qui lui avait éclairci l'esprit et avait brisé l'emprise que le grand serpent exerçait sur lui. À côté de la topaze, le rubis luisait faiblement. Il n'était plus rouge sang mais rose, annonçant le danger. Pourtant, il luisait avec une étrange puissance.

Le serpent géant siffla de fureur et dénuda ses terribles crochets. Sa langue fendue en deux ne cessait de darder hors de sa gueule. Lief sentit le pouvoir de

146

sa volonté, mais il pressa plus fort encore sa main sur la topaze et lui résista.

— Pourquoi n'attaque-t-il pas ? souffla Jasmine.

Lief le savait, désormais. Il s'était rappelé quelques lignes de *La Ceinture de Deltora* qui évoquaient les pouvoirs du rubis.

✝   **Le grand rubis, symbole du bonheur, rouge tel le sang, pâlit en présence du mal ou quand un malheur menace celui qui le porte. Il protège des esprits malins et est l'antidote du venin de serpent.**

— Il sent le pouvoir du rubis, chuchota-t-il en réponse. Voilà pourquoi il focalise son attention sur moi.

Ta magie est puissante, Lief de Del, mais pas assez pour te sauver, siffla le serpent.

Lief chancela quand, de nouveau, la volonté du reptile s'empara de son esprit.

— L'opale est dans sa couronne, annonça-t-il, pantelant, à Jasmine et à Barda. Faites du mieux que vous le pouvez pendant que je le distrais !

Ignorant leurs mises en garde, il s'éloigna d'eux. Le serpent tourna la tête pour le suivre de ses yeux minéraux et froids.

— D'où connais-tu mon nom ? demanda Lief, étreignant la topaze.

147

Je possède la pierre précieuse qui dévoile l'avenir. Je suis tout-puissant. Je suis Reeah, l'élu du Maître.

— Et qui est ton maître ?

Celui qui m'a donné mon royaume. Celui qu'on nomme le Seigneur des Ténèbres.

Lief entendit Jasmine étouffer une exclamation. Plutôt que de se retourner vers elle, il soutint le regard de Reeah, s'efforçant de faire le vide dans son esprit.

— Assurément, tu dois être là depuis très très long-temps, Reeah ! cria-t-il, si j'en juge par ta taille majes-tueuse et par ta beauté.

Le serpent siffla, levant fièrement la tête. Ainsi que l'avait escompté Lief, il était aussi vaniteux que gros.

Un vermisseau j'étais quand je vins pour la première fois dans les souterrains de cette cité. Une race d'humains pleurnicheurs vivaient là, à l'époque. Aveuglés par l'igno-rance et par la peur, ils m'auraient tué s'ils m'avaient découvert. Mais le Maître comptait des serviteurs parmi eux, et ceux-là attendaient ma venue. Ils me firent bon accueil et m'apportèrent des rats afin de m'engraisser jusqu'à ce que je devienne fort.

Du coin de l'œil, Lief entrevit Jasmine qui grimpait à l'une des colonnes soutenant le toit. Serrant les dents, il obligea son esprit à s'éloigner d'elle. Il était vital que l'attention de Reeah demeure concentrée sur lui.

— Quels serviteurs ? s'exclama-t-il. Qui étaient-ils ?

Tu les connais, siffla Reeah. *Ils portent sa marque au fer rouge. On leur a promis à son service la vie et le pouvoir éternels. Tu as revêtu leur tenue, afin de me tromper. Mais tu ne m'as pas abusé.*

— Bien sûr que non ! Je voulais te mettre à l'épreuve, histoire de vérifier si tu pouvais réellement lire dans mes pensées. Qui d'autre aurait su où trouver des rats, imaginer le moyen de les faire se multiplier et de les attraper ? Qui sinon les attrapeurs de rats de la cité ? C'était un plan très ingénieux.

Et comment ! siffla Reeah. *Il y avait très peu de rats, à l'époque. Cependant, mon maître avait bien choisi ses serviteurs. Ils élevèrent davantage de rats pour moi... toujours plus. Au point que, pour finir, les murs en grouillaient et que la maladie s'est propagée, et que toute la nourriture de la cité a été consommée. Alors, les gens supplièrent les attrapeurs de rats de les sauver, peu d'entre eux sachant que c'étaient ceux-là mêmes qui avaient provoqué la peste.*

Ses yeux cruels rayonnaient de triomphe.

— Ainsi les attrapeurs de rats ont pris le pouvoir, continua Lief. Ils ont affirmé que la peste était due au mal qui habitait les gens et qu'il n'y avait pas d'autre choix que de fuir.

Oui. De l'autre côté de la rivière, dans un endroit où ils rebâtiraient une ville. Après leur départ, je suis remonté de sous terre et j'ai proclamé mon royaume.

Lief perçut, plus qu'il ne le vit, que Jasmine se déplaçait sur la poutre maîtresse qui enjambait la salle tout à côté de la tête de Reeah, la démarche aussi souple et légère que sur les branches des Forêts du Silence. Quel était son plan ? Elle ne comptait certainement pas parvenir à transpercer de ses dagues les écailles brillantes ? Et où était Barda ?

Le grand serpent commençait à s'agiter. Lief le sentait. Sa langue ne cessait de darder hors de sa gueule. Sa tête s'inclinait vers lui.

— Reeah ! La cité nouvelle s'appelle Pas-de-Rats. Pâdra ! hurla Lief. Je l'ai vue. Les gens ont oublié ce qu'ils étaient autrefois et d'où ils viennent. Leur peur des rats a brisé leur âme. Les attrapeurs de rats s'appellent désormais des At-Traprâs et ont rang de prêtres, veillant sur les lois sacrées. Ils portent des fouets semblables à des queues de rat. Ils sont tout-puissants. Les gens vivent dans la terreur et l'esclavage, servant les desseins de ton Maître.

Parfait, siffla Reeah. *Ils n'ont que ce qu'ils méritent. Eh bien, tu as raconté ton histoire, Lief de Del. Ta magie de quatre sous, tes armes dérisoires et ton discours de beau parleur m'ont amusé... un temps. À présent, j'en ai assez de ton bavardage.*

Et sans crier gare, il frappa. Lief cisailla le vide de sa lame afin de se protéger, mais le premier coup du serpent arracha l'épée de sa main comme un jouet d'enfant. Elle vola loin de lui, décrivant une courbe haut dans les airs.

— Jasmine !

Mais Lief n'avait pas le temps de regarder si la jeune fille l'avait attrapée au vol. Le serpent était sur le point de livrer un nouvel assaut. Ses énormes mâchoires béaient, ses crochets dégoulinaient de venin.

— Lief ! Les perles à feu !

La voix de Barda lui parvint de l'autre bout de la salle. Le colosse avait dû s'y faufiler discrètement, afin de prendre le monstre à revers. La queue de Reeah cingla l'air et, à sa vive horreur, Lief vit le corps de Barda percuter une colonne et retomber, inerte.

Les perles de feu. Au désespoir, Lief tâta ses poches, trouva le flacon et le jeta droit dans la gueule ouverte de son ennemi. Mais Reeah le prit de vitesse. La tête cruelle fit un brusque mouvement de côté. Le flacon la frôla et alla s'écraser contre un pilier, explosant en une boule de flammes.

Et alors, il n'y eut plus que Lief et Reeah.

Tu es à moi, Lief de Del !

La tête titanesque plongea en avant à une vitesse terrifiante. L'instant suivant, le grand serpent se redressait, triomphant, le corps de Lief pendant de ses mâchoires.

Je vais t'avaler tout cru. Et ta magie avec.

Il y avait de la fumée. Quelque chose craqua. Lief se rendit vaguement compte que les flammes avaient grimpé le long du pilier et léchaient le bois vermoulu des chevrons.

Le feu ne te sauvera pas. Quand je t'aurai dévoré, je l'éteindrai d'une rafale de mon haleine ardente. Car je suis Reeah, le tout-puissant. Je suis Reeah, l'Unique...

À travers une brume vertigineuse de terreur et de souffrance, la vision gênée par un voile de fumée qui lui piquait les yeux, Lief entraperçut Jasmine en équilibre sur une poutre près de lui. L'épée du garçon oscillait dans sa main. Elle avait arraché l'étoffe rouge de son visage et, emplie d'une fureur sauvage, elle montrait les dents. Elle leva le bras...

Et d'un coup formidable, elle abattit l'épée, tranchant la gorge du monstre de part en part.

Lief entendit un gargouillis rauque, sentit se relâcher l'étau des mâchoires de la bête. Il tomba comme une pierre.

Il heurta brutalement le sol... et sombra dans l'inconscience.

17

L'espoir

Lief s'agita, gémissant. Un goût sucré flottait sur ses lèvres et il entendait un crépitement, des bruits de mastication et des cris, très très lointains.

Il ouvrit les yeux. Jasmine et Barda, penchés sur lui, l'appelaient. La jeune fille revissait le bouchon d'argent d'un flacon attaché à une chaîne autour de son cou. Lief devina vaguement qu'on lui avait fait boire du nectar des Lys d'Éternelle Jouvence. Le remède l'avait sauvé – peut-être même ramené à la vie, comme jadis il avait ressuscité Barda.

Il tenta de s'asseoir.

— Je... Je vais bien, marmonna-t-il.

Il regarda autour de lui. La salle était pleine d'ombres dansantes. Des flammes, nées et propagées par l'embrasement des perles à feu, rugissaient dans les chevrons vétustes. Le serpent géant gisait mort sur le sol, son corps couvert de rats. D'autres ne cessaient d'affluer des murs et de la porte, se battant pour avoir leur part du festin.

« Pendant des centaines d'années, Reeah les a mangés, pensa Lief, médusé. À présent, ce sont eux qui le dévorent. Même la peur du feu ne les arrêterait pas. »

— Nous devons sortir d'ici ! Et vite ! cria Barda.

Lief sentit qu'on le mettait debout et que le colosse le jetait en travers de l'épaule. La tête lui tournait, il voulut demander : « Et la couronne ? Et l'opale ? »

À cet instant, il distingua la couronne dans la main de Barda.

Telle une poupée de chiffon, il fut transporté le long des corridors en flammes. Ballotté et secoué, il ferma ses yeux larmoyants pour les protéger de la fumée.

Quand il souleva de nouveau les paupières, ils franchissaient en chancelant la porte de la cité et prenaient pied sur la plaine sombre. Kree, poussant des cris anxieux, descendait en piqué à leur rencontre. Il y eut un fracas épouvantable derrière eux. Le toit de la cité commençait à s'effondrer.

Et ils cheminèrent et cheminèrent, jusqu'à avoir quasiment atteint la rivière.

— Je peux marcher, croassa Lief.

Barda s'arrêta et le posa délicatement à terre. Les genoux flageolants, Lief se retourna pour contempler la cité en flammes.

— Je n'aurais jamais cru te revoir sur tes deux jambes, mon ami, dit joyeusement Barda. Ce vol plané que t'a fait faire Jasmine...

— C'était ça ou le voir disparaître dans l'estomac du serpent ! se récria la jeune fille. À ton avis, des deux maux, lequel était le moindre ?

Elle tendit son épée à Lief. L'arme luisait au clair de lune, sa lame encore noire du sang de Reeah.

— Jasmine... commença Lief.

Mais elle haussa les épaules et se détourna, cajolant Filli pour qu'il vienne se percher sur son épaule. Lief comprit qu'elle était gênée à l'idée qu'il la remercie de lui avoir sauvé la vie.

— À ton avis, poursuivit-il à la place, pouvons-nous nous reposer ici en toute sécurité ? Ayant eu récemment chacun de mes os fracturé, je ne m'en ressens guère de traverser la rivière à la minute.

Barda hocha le menton.

— Oui, je dirais. Dans l'immédiat, du moins, il n'y aura pas de rats là. (Les dents du colosse étincelèrent tandis qu'il souriait et passait les paumes de ses épaules à ses hanches.) Padralâ, ajouta-t-il.

— Lief, comment savais-tu que les habitants de Pâdra avaient jadis vécu dans la Cité des Rats ? demanda Jasmine.

— Il y avait plusieurs indices, répondit Lief d'une voix lasse. Mais je n'aurais peut-être pas fait le lien si je n'avais découvert ceci.

Il tira la coupe ternie de la Ceinture et la leur tendit.

Barda la prit et l'examina, étonné.

— Hé, c'est le double de la coupe qui renfermait les cartes « Vie » et « Mort » – la Coupe sacrée de Pâdra ! s'écria-t-il. Elle a dû tomber quand les gens ont fui la cité.

Lief sourit à la vue du petit nez brun de Filli qui pointait, curieux, au-dessus du col de Jasmine.

— Pas surprenant que Filli ait affolé les habitants de Pâdra, déclara-t-il.

— Il ne ressemble absolument pas à un rat ! protesta Jasmine avec indignation.

— Ils haïssent tout ce qui est petit et à fourrure. On a dû leur inculquer cette phobie dès le berceau, expliqua Barda.

Lief hocha la tête.

— Comme celle de faire tomber de la nourriture par terre ou de laisser des plats sans couvercle, parce que semblables négligences ont autrefois attiré les rats par centaines. Ou encore la peur de manger de la nourriture souillée, comme c'était souvent le cas à l'époque de la peste. La nécessité d'un tel luxe de précautions a cessé voilà des siècles. Cependant, les At-Traprâs ont veillé à ce que la peur subsiste et main-

tienne les gens dans l'esclavage – vis-à-vis d'eux et du
Seigneur des Ténèbres.

Lief parlait d'un ton léger et désinvolte, afin d'effacer de son esprit les horreurs qui venaient de lui arriver. Mais Jasmine le considéra, la mine sérieuse, la tête penchée de côté.

— À l'évidence, alors, il est tout à fait possible que des gens oublient leur histoire et obéissent par devoir à des règles stupides si on les a éduqués ainsi, fit-elle observer. Je ne l'aurais pas cru. Mais, à présent, je l'ai vu de mes propres yeux.

« C'est sa façon à elle de dire que les rois et les reines de Deltora sont moins à blâmer qu'elle ne le pensait », songea Lief. Il en fut très content.

— Remarque, s'empressa-t-elle d'ajouter en notant son sourire, on a toujours le choix et des liens peuvent être brisés. La servante, Tira, nous a aidés malgré sa peur. (Elle s'interrompit.) Un jour, reprit-elle, j'espère que nous pourrons retourner lui rendre sa liberté. Et à tous les autres, s'ils le souhaitent.

— C'est la meilleure chance que nous ayons de le faire.

Lief déboucla la Ceinture et la posa à ses pieds sur le sol dur de la plaine. Puis Barda lui tendit la couronne.

Quand elle fut proche de la Ceinture, l'opale glissa dans la paume de Lief. Le garçon eut soudain la vision de vastes étendues sableuses et désertiques, de ciels

157

bas et chargés de nuages. Il se vit, seul, parmi des dunes ondulantes qui n'avaient pas de fin. Et il perçut la présence invisible d'une terreur sans nom. Il en eut le souffle coupé.

Il leva les yeux. Jasmine et Barda l'examinaient avec anxiété. Il referma plus étroitement sa paume tremblante autour de la pierre.

— J'avais oublié, dit-il d'une voix cassée, forçant un pauvre sourire. L'opale dévoile des aperçus de l'avenir. Apparemment, ce n'est pas toujours une chance.

Craignant qu'ils ne l'interrogent davantage, il se pencha pour fixer la pierre dans la Ceinture. Sous ses doigts, ses couleurs irisées semblaient étinceler et brûler tel du feu. Brusquement, son cœur emballé s'apaisa, la peur s'estompa, cédant la place à une chaleur picotante.

Barda regarda Lief.

-- L'opale est aussi le symbole de l'espoir, murmura-t-il.

Le garçon acquiesça, pressant la main sur les couleurs chatoyantes, sentant les pouvoirs de la pierre couler en lui. Et quand il releva enfin la tête, son expression était sereine.

— Ainsi, désormais, nous avons la topaze pour la loyauté, le rubis pour le bonheur et l'opale pour l'espoir, déclara-t-il d'un ton tranquille. Qu'est-ce qui viendra ensuite ?

Jasmine tendit son bras à Kree, qui voleta vers elle avec un cri joyeux.

— Quelle que soit la quatrième pierre, elle ne pourra nous entraîner dans des périls pires que les trois premières.

— Et si c'était pourtant le cas ? la taquina Barda.

Jasmine haussa les épaules.

— Nous affronterons ce qui se présentera, répliqua-t-elle simplement.

Lief souleva la Ceinture du sol et la passa autour de sa taille. Elle était chaude contre sa peau – solide, fidèle et un peu plus lourde. « Loyauté, bonheur, espoir », pensa-t-il, et son cœur se gonfla des trois.

— Oui ! s'écria-t-il. Nous affronterons ce qui se présentera. Ensemble !

Table

Retrouve vite Lief,
Barda et Jasmine
avec cet extrait du tome 4 de

LA QUÊTE DE DELTORA

Les Sables Mouvants

Cela faisait une éternité, semblait-il à Lief, qu'ils longeaient la rivière. Pourtant, seules une nuit et une partie de la journée suivante s'étaient écoulées depuis que Barda, Jasmine et lui avaient quitté la Cité des Rats en flammes. Bien que la ville ne fût plus qu'une masse indistincte derrière eux, une légère odeur de fumée stagnait dans l'air immobile.

Ils s'étaient très vite débarrassés des lourdes tenues et bottes rouges qui les avaient sauvés des rats, mais entravaient leur marche. Cependant, affamés et épuisés comme ils étaient, le voyage leur paraissait interminable et la monotonie du paysage n'arrangeait rien. Heure après heure, ils avaient progressé péniblement sur une terre stérile que cernaient de part et d'autre les eaux de la rivière Large – si vastes qu'ils distinguaient à peine les rives lointaines.

Ils n'avaient qu'une envie : se reposer. Hélas, ils devaient continuer. Le panache de fumée souillant le ciel d'azur était aussi visible qu'un signal aux yeux de leurs ennemis, l'indice qu'un événement gravissime s'était produit dans le lieu effroyable qui renfermait la troisième pierre précieuse de la Ceinture de Deltora. Si le Seigneur des Ténèbres avait vent de la disparition de l'opale, il lancerait aussitôt ses serviteurs aux trousses des voleurs.

Et retrouver les trois amis sur cette plaine désolée serait un jeu d'enfant.

Barda, tête basse, avançait près de Lief d'un pas pesant. Jasmine marchait devant, murmurant parfois des paroles de réconfort à Filli, niché sur son épaule. Le regard rivé à l'horizon, elle guettait Kree, parti au point du jour en éclaireur.

La longue absence du corbeau n'augurait rien de bon. Elle signifiait qu'il n'avait repéré ni nourriture ni abri à proximité. Mais que faire, sinon continuer ? Il n'y avait nulle autre route que celle qu'ils suivaient. La Plaine des Rats, en effet, s'étendait dans un méandre de la rivière, dont les eaux profondes l'entouraient de trois côtés.

« Des siècles durant, les rats ont été pris au piège par la Large qui enserre leur plaine, songea Lief, lugubre. Et nous voilà piégés à notre tour. »

Soudain, Jasmine poussa un cri strident. Un faible son discordant retentit en réponse.

Lief leva les yeux. Une tache noire se dirigeait vers eux à travers le bleu lointain, grossissant de seconde en seconde. Enfin, Kree descendit en piqué, criaillant.

Il atterrit sur le bras de Jasmine et gloussa encore. La jeune fille l'écouta, le visage dénué d'expression. Puis elle se tourna vers Lief et Barda.

— Kree dit que la plaine s'achève par une étendue d'eau presque aussi large que la rivière elle-même.

— Quoi ?

— Consterné, Lief s'écroula sur le sol.

— La plaine serait une île ? grommela Barda. Impossible !

Avec un soupir à fendre l'âme, il s'assit près de Lief.

Kree ébouriffa ses plumes et émit un gloussement agacé.

— Kree l'a vu de ses propres yeux, rétorqua Jasmine d'un ton brusque. Une bande d'eau relie les deux bras de la rivière. Très étendue, selon lui, mais peut-être pas au point que nous ne puissions la traverser en ayant pied. Et de couleur plus pâle que la rivière. Il a aperçu des bancs de poissons assez près de la surface.

— Des poissons !

Lief se mit à saliver à la pensée d'un repas chaud.

— À quelle distance ? demanda Barda.

Jasmine haussa les épaules.

— D'après Kree, nous devrions l'atteindre demain si nous cheminons toute la nuit.

Barda se leva.

— Alors, en route ! s'exclama-t-il, la mine sombre. On aura du mal à nous repérer dans l'obscurité, c'est déjà ça. Et puis, nous n'avons pas de vivres. Pas d'abri, rien sur quoi dormir, excepté la terre nue. Dans ces conditions, quel plaisir y aurait-il à faire halte ? Autant marcher jusqu'à la limite de nos forces.

[À suivre...]

Cet ouvrage a été composé par
PCA - 44400 REZÉ

IMPRIMÉ EN FRANCE PAR BUSSIÈRE
à Saint-Amand-Montrond (Cher)

Dépôt légal : avril 2008
N° d'impression : 080391/1

Éditions
■SCHOLASTIC

604, rue King Ouest
Toronto (Ontario) M5V 1E1 CANADA